日本人の美徳

誇りある日本人になろう

櫻井よし

宝島社新書

はじめに

とても悲しいことですが、今の日本では、子の親殺し、親の子殺しといった、すぐには信じられないようなことが頻繁《ひんぱん》に起きています。そうかと思えば、自殺サイトでは、会ったことのない人たちが集まり、自らの命を粗末にしています。

日本の良き伝統を受け継いできたと思われていた企業による、まさかの不祥事も相次いでいます。企業だけではありません。コンビニなどのゴミ箱に大量の家庭ゴミが捨てられたり、万引きが低年齢化したり、隣近所に構わず騒音を出し続けたりすることが、珍しいことではなくなっています。日本人のモラルに深刻な異変が起きているのです。

いったいなぜ日本と日本人は、こんな国、こんな人たちになってしまったのでしょうか。

昔の日本人は、多くの美徳を備えていたと思います。節度と慎ましさは、日本を訪れた外国の人々が驚きと敬《うやま》いの気持ちで賞賛した日本人の特徴でした。恥を不名誉とする美徳も外国人の日本研究のテーマとなりました。そんな日本人の価値観を最初に文字に著し、この社会の決まり事としたのが、聖徳太子《しょうとくたいし》の書いた十七条の憲法です。そこには「和を以《も》って貴《とうと》しと為《な》す」という、あの有名な第一条があります。日本列島に住んでいた私たちの御先祖は、和の精神を大切にし、争いごとを好まず、上下の隔《へだ》てのない人間的な優しさに満ちあふれていました。人間に対する穏やかで優しい視線は、自然にもものにも注がれました。

近年、ものを大切にする「もったいない」という言葉が国際語になりましたが、この価値観こそ、日本人の節度と優しさを凝縮した言葉の一つでしょう。

日本は現在、ものがあふれ、誰もが適度にお金を持っています。お金を出しさえすれば、問題が何であれ、大概解決すると考えている人も少なくないと思います。なのに、実際の生活で本当の豊かさを、どれだけの人が感じているでしょうか。

ものはあふれていても心にゆとりのない人、自分自身を慮《おもんぱか》ることばかりに一所懸命で他人への関心を持てない人は少なくありません。自分がいま置かれている状況に感謝するよりも、不安や不満を抱えている人もいます。

多くの人が、他者への尊敬や両親や先人への感謝を忘れてしまっているような気がするのです。

人間は忘れる動物であるし、過ぎたことは早く忘れて、次に向かって進むのが良いとされている風潮もあります。けれど忘れてはならないこと、忘れるにはあまりにもったいないことが、たくさんあるのです。

それが、昔ながらの日本人の生き方の素晴らしさ、美徳の数々ではないかと私は思います。

この新書には、私自身が普段考えていること、心掛けていることなどを盛り込みました。今よりも、もっと素敵な自分、誇りある日本人になることを思い描きながら作りました。

先人たちが歴史の中で積み上げてきた、日本の文化、文明、その素晴らしさを見直すきっかけになったり、今までの自分より少し成長し、素敵な日本人になるきっかけとなれば、これほど嬉しいことはありません。

目次

第二章　日本人が忘れつつある大切なこと　37

第三章　大人が子供に伝えるべきこと　63

第五章　読書と言葉　125

第六章　仕事と夢　169

最終章　旧きを知り、新しきを目指す　213

第一章　価値観と私らしさ

日本人であることの自覚

自分の生まれた国の歴史を学ぶことがどれほど大切か。戦後の日本人は本当に歴史について学んでこなかったのではないか。日本の歴史を知らない人は、本当の日本人ではないのではないか。私はずっと、そのように感じてきましたが、私自身が自分は紛れもない日本人なのだと最初に強く意識したのは、ハワイ大学に留学した時でした。

その時に、ハワイ大学の日本研究の教授の方々が、日本の歴史にとても温かい目を向けていることを知って、私は少なからず嬉しいショックを受けたのを覚えています。

私たちが学校で習う歴史は、あまりに簡単かつ表面的で、しかも日本の歴史の特異さ、その質の高さなどにはほとんど触れない内容になっていたような気がします。江戸時代は、士農工商という厳しい身分制度や徳川家による絶対的封建制度を軸に教え、その社会で花開いた高度な文化文明は過小評価し、その後、明治維新があって新政府ができて、軍国主義が台頭し戦争になった……という紋切型で教えます。

ですから日本人学生は、日本の歴史についてあまり知らない。日本についての誇りも感じていない。そんなふうに感じた結果、日本人として、まず自分の国について、いろいろ知らなければならないと思ったのです。

留学中、初めてホストファミリーの家に行った時、夫人から「これから一緒に暮らすにあたり、あなたの文化で、これだけはしたくないということがあったら、遠慮なく教えてね。お互いに違う価値観を持っているかもしれないけれど、それを大切にしましょうね」と言われました。聞いてみますと、私の前の留学生はヒンズー教徒だったため、生活習慣などでいくつも厳しい条件があったのです。

その家族は、日本の国会の構成や仕組みに始まり、真珠湾攻撃を日本がどう思っているのか、さらには浮世絵や陶磁器などの日本の文化についても、多くのことを知りたがりました。そのたびに、私は答えるのにとても苦労をしたものです。

でも、ハワイ大学のクラスメイトである韓国人やベトナム人、タイ人の留学生たちは、一般論ではありますが、日本人学生よりはずっと自分の国の素晴らしさについて、自信を持って語っていました。語るだけの知識も持っていました。それが、私たち日本人留学生との大きな違いだと思いました。

大学でアジア史を履修した時もそうでした。教授が割り振る研究の課題は、日本人の私には、常に「日本」がついてまわりました。「君は日本人なんだから、たとえば部落の成り立ちと日本の政治について調べてみたらどうか」「芥川龍之介の自殺とその社会的背景の分析をしてみたらどうか」など、日本人であることが、何よりも注目されるのです。すると、日本人であることをいよいよ強く自覚させられるとともに、日本についていかに知らないかということに気がつくんですね。ハワイ大学にはオリエンタルライブラリーという大きな図書館があり、かなりしっかりした資料が揃っていました。教授に指示された論文を書くためにも、そこに通って日本に関する書物を読んでみました。

不思議ですね。こうして外国で、私は日本人としての自分に目覚め、真剣に日本について考え始めたのです。

とはいっても、その頃はまだ18～20歳ぐらいでしたから、とても若くて、幼くて、無知でした。今から振り返れば、なぜそんなだったのだろうと思いますが、その頃はそうだったのです。現在のように、読んだものが全体像と結びついていかないのです。読んだ書物も知識も、単独の知識としては残るけれども、結局、一つ一つがバラバラに孤立していて必ずしも全体像に結びつかない。それら一つ一つがもっと大きな価値観を構築しているのだ、ということになかなかつながっていきませんでした。

しかし、とにかく日本は本当にいい国なんだなと思い始めたのが、ハワイ時代だったことは明確です。それまでは、日本について意識して考えたことすらありませんでした。外国の人やその文化と接することで、相対的に日本について考え始めた時、日本が本当に素晴らしい国なんだ、それを私が知らなかっただけなんだと、自然に感じ始めました。

だからというわけではありませんが、もし可能なら、たとえ一年でもいいですから、外国に住んでみると良いと思います。確実に意識や感覚が変わるはずです。それがある意味では日本についての確固たる価値観にもつながっていくのではないかと私は思っています。

旅行するのも良いですが、旅行は往々にして表面的なところにとどまりがちで、良いところしか見えないことが多い。ですから、その地で少しの期間暮らしてみて、現地の人の暮らしぶり、その価値観を垣間見る体験ができれば、面白いことでしょう。日本と外国の違いを実感し、日本を自覚することもできると思います。日本人だと意識したこともない人はもちろんのこと、日本を好きな人、嫌いな人、すべての人に、一度は日本を離れ、外から祖国日本の姿を見る機会を作ってほしいと思います。

女性らしさより「自分らしさ」を大事にする

日本人としての自覚とは別に、大切にしたのは「自分らしさ」です。そのことについて、述べたいと思います。

私が記者を始めた頃、ジャーナリズムの現場には女性はほとんどいませんでした。記者に限りませんが、メディアは男性中心の社会でした。女性が働くとなると、本当に古い表現かもしれませんが、「犬のように働き、淑女《しゅくじょ》のように振舞え」と言われたものです。

今は男性も女性も入社すると、「強く、信頼されるようになれ」などと、仕事をするうえで、必要なことを教えられると思います。出産をしても職場復帰が可能で、女性も一生の仕事を持ち、リーダーにもなれる時代になって、それだけ女性への期待も高まっているからです。

でも、「犬のように……」という言葉は、当時、日本だけでなく、米国でもキャリアを持つ女性の間で使われました。特に、ジャーナリズムの世界ではそれが顕著だったような気がします。それは情報の先端を行くはずの報道の世界なのに、他の分野に比べると、その体質は意外なほど古く、遅れていたからです。

日本社会だけではなく、外国人特派員の中にも古い価値観の人がたくさんいて、女性を下に見る傾向がありました。彼らは友好的な態度をみせながらも、「女になんかできるものか」という視線も同時に持っていたのです。

ここでも「女性は男性の二倍働き、優雅であれ」ということが求められていました。そうしなければ、絶対に認めてもらえないからです。頑張って優れた記事を書き、彼らに、「私もできる」と証明しなければならなかったのです。他方、ジャーナリズムの世界では、きちんと署名入りの記事を書けば、認めてもらえるのも確かでした。実績を示せば認めてもらえないということはなかったのです。

そのせいだと思います。私は女性であることをハンディとして意識したことはありません。肩肘《かたひじ》張って、男性に負けまいとやってきたつもりも、実はそれほどありません。

ただ、常に私らしくありたいと思っていました。

「私らしく」を、一言で表すのは難しいのですが、たとえば服装に関していえば、それは人に不快感を与えないということが一つです。

母からはよく「おしゃれをしなさい」と言われました。おしゃれは、自分のためではなく、周りの人のためにというのも母から教えられたことでした。着飾るのではなく、身だしなみを整えるという意味ですね。

また、これは特にテレビの仕事をするようになってからですが、スタジオに入る前に、必ず化粧室の鏡の前に立つようにしていました。鏡の中の自分をできるだけ優しい視線で見つめるのです。そして鏡に向かって、ニッコリ微笑《ほほえ》んでみるのです。ありのままの自分を大切にし、周りの人を大切にする——優しいまなざしで自分を見つめれば、周りの人にも優しいまなざしをむける余裕が生まれる。私はそう思いながら、オン・エア前の最後のチェックをしていたのですが、それはまた報道という、時間と情報との闘いの現場で、私が私自身を勇気付ける儀式でもありました。

ものにはあまりこだわらない

いつも私のところに来てくれる美容師さんとのあいだで、こんなことがありました。彼女は私の事務所から少し離れたところに住んでいるのですが、私の事務所まで六本木界隈を通ってきます。

ある時、道を歩いていると、色鮮やかなブラウスが１００円と書いてあったそうです。「えっ？」と思い、もう一度見直してみても、やはり１００円という値札がついていました。試しに彼女はそれを買って着てみました。

鮮やかな紅色のブラウスは、とても彼女に似合っています。「素敵ね」と私は褒めました。似合うのと安いのとで、嬉しくなった彼女は、結局、６枚も７枚も同じブラウスを買いました。

面白いものですから、私も一枚分けてもらって、秘書の若い女性に、「一回お洗濯したらボロボロになるかもしれないけれど」と言って渡しました。彼女は今も、時々、それを着てくれています。

毎日テレビに出ていた頃は、衣装の調達で興味深い体験を幾つもしました。友人に紹介されたお店に行った時のことです。スーツはどれも70万円から80万円もするようなお店でした。とても買えないと思ったのですが、何も買わないのも紹介してくださった友人に失礼になるので、ブラウスを求めました。とても繊細な美しいブラウスでしたが、お値段は他のブランドのスーツが買えるほどでした。

そんな高いブラウスがある一方で、100円のブラウスもある。とても不思議ですね。で、この100円のブラウスが洗っても大丈夫だとしたら、私は100円のほうを買ってしまいそうな気がします。

もともと私は、あまり持ち物にはこだわりません。ブランドにこだわらない私を見て、「あなた、もうちょっとちゃんとしたものを身につけたら」と、友人が茶化すことさえあります。

彼女たちが笑いころげたのは、私の書類かばんについてです。韓国の南大門市場で買った6000円の書類かばんです。フラッとかばん屋さんに入ったら、「如何？」と言われました。

ワインカラーのかばんです。私は、「紺色のかばんはある？」と聞きました。「紺色はないけど、この赤はきれいだ」と言います。私はかばんが欲しいとも思っていませんでしたし、色も好みではありませんでしたから、「いいです」と言って、お店を出ようとしました。

すると5～6万円程の値札が付いていたのを、「4万円にする」と言うのです。私は、「本当にいらないの」と言いました。すると値段がまた下がり、二万円になりました。

それでも私は欲しいと思いませんでしたので、帰ろうとすると、「じゃあ、一万円」(笑)。私は「また来ます」と言って、お店を出ました。すると、お店の人が追い掛けてきて、私の腕を取って、「6000円で!」と言うのです。わざわざ追いかけてきたのです。買わないわけには、いきません。6000円で買いました。意外と使いやすくて、けっこう役に立っています(笑)。けれど、安物ですから作り方が雑なのです。そのうちにあちこちほつれてきたのを、友人たちはおかしがって笑うのです。

いつもブランドものを着る人がいます。それはそれで、素敵ではあります。とはいえ、毎週テレビに出る時、毎回、高価なブランド品を身につけるのは、私にはどうしてもしっくりきません。

またニュース番組の場合、内容によっては、その洋服メーカーを批判することもあります。ですからバラエティ番組などと違って、衣装はすべて自前でした。

でもそうすると洋服が増え続けます。ですから、たまった洋服は年末に教会や小学校のチャリティーに出したりします。私はものを大事にする価値観がとても好きです。大事にするということは、ものを活かすことでもあります。ですから、着ないもの、必要のないものは、できるだけ他の形で、役立てるようにしているのです。

ものから自由でありたい

そんな私の理想の一つは、「ものから自由でいること」です。

私が支局員として採用された米国の『クリスチャン・サイエンス・モニター』紙の東京支局長だった方で、とても尊敬しているエリザベス・ポンドさんは、本当に簡素な生活をしていました。決して多くのものを持とうとせずに、必要なものだけを持っていた気がします。もっといえば、所有するものの少なさこそが、彼女の精神の自由を支えていたように思います。

ものをたくさん所有していることは、豊かであることの一つの側面ではありますが、同時に、精神の自由を縛られることもあるのです。自由な行動を物質が縛るという意味です。ものに縛られて、いざという時、自由に動けないということを感じたことはありませんか。

敢えて極端な例を示せば、たとえば、突然、どこか外国に一年間行きたいと思い立ったとしても、ものがたくさんあればあるほど、その決断や気持ちが鈍ったりします。もちろん、人生にそれほど大胆な行動をとる場面がたびたび登場するわけではありません。究極の決断を迫られる場面に頻繁に出くわすわけでもありません。

でもジャーナリズムのように、取材して書く、提言する、時にはある現象を非常に鋭く批判したり、踏み込んで闘っていく時は、自分の精神も具体的な行動もすべて含めて、ここだと思った方向にサッと動けるような究極の、責任ある自由を確保しておかなければならないのです。

そのためには、ものは本当に少ないほうがいい。いざとなったら身一つでパッと行動できるだけの覚悟を持ち続けるためにも、そのような生き方をしたいと思っています。

でも、そういう私も、身の回りには、無駄なものがたくさんあります。難しいのは、その無駄なものこそ、人生の楽しみでもあるということです。小さなものに喜びを見つけたり、美しさを見出《みいだ》したり、慰めを得たり、思い出がそこにつまっていたりします。

それでも人生すべての段階において、できるだけものは少なくとどめておいたほうがいいだろうなと私は思っているのです。

うっかり屋の私

ニュース番組を担当していた時のイメージのせいか、「完璧なイメージがありますね」と時々言われます。

でも決してそんなことはありません。落ち込むこともよくあります。せっかく庭に水仙を植えて三年もたつのに今年も花が咲いてくれないとか、もっとお肌をきれいにしたいとか、誰でも抱く小さな悩みを、私も持っています。

一方で、お肌の手入れをしようとして、自分のツメでひっかいてしまうなど、けっこうヘマなこともします。

親しい方によく言われるのが、「あなたは、普通の人がちゃんとわかるようなことがわからない」ということです。

ある時、吉永みち子さんに、「村の大きな記念行事があるから、講演してね」と頼まれました。その場所に行くのに、たとえば12時の電車に乗ろうと思って、急いで駅に行きました。ホームについたら両側に電車が止まっていて、12時発でした。「あ、時間もピッタリ、これだ！」と思って、飛び乗ったのです。

無事に電車が出発して、車掌さんに切符を見せたら、「これは違いますよ」と言うんです。ホームの別の側に止まっていた電車に乗らなければならないのを、間違えていたのです。そこで路線図を見ました。路線図では私の行くべき路線と間違えて乗った路線が並行に走っていました。そこで途中で乗り換えて、正しい方の路線まで垂直に進めばいいと思ってしまいました。

すると、それはすごく時間がかかるので、いったん次の駅で降りて、始発駅まで戻ってもう一回正しい電車に乗り直したほうが良いと指摘されました。結局、始発駅まで戻って出直したこともあります。

そういうエピソードは一度だけではありません。

私は小さい時に九州の大分県に住んでいました。数年前、小学校の同級生が同窓会をすることになり、私も呼ばれました。

博多まで飛行機で行って、車で博多駅から小倉駅に行って、小倉から行橋《ゆくはし》に行くことにしたんです。小倉駅のホームに行ったら電車が止まっていました。電車は出発してしばらくすると、トンネルに入りました。とても長いトンネルです。「いつ、こんなに長いトンネルができたのかな」と思ってはいたのですが、停車しないのでそのまま乗っていました。駅に着いて、同窓会のある会場に行くのに、タクシーを捜しました。

同窓会の場所は有名な「しん寿司」というお寿司屋さんで行なわれます。「しん寿司」と言えば、誰でも知っているから大丈夫と言われていました。

ところが、「しん寿司まで」と言ったら、運転手さんは「知りません」と言うのです。「すごく有名なお寿司屋さんらしいんですけど」と言っても、知らないと言います。そこで観光案内所へ行って聞きました。すると、「ぎん寿司ならあります」と言うのです。「『ぎん』ではなくて、『しん』なんです」という話をして、ふと見たら、港があったんですね。なぜ、ここに港があるのかしら、と。そこで「ここはどこでしょうか」と尋ねました。すると、なんと下関でした。九州から本州に来てしまったのです。それでまた、同じ電車で関門海峡を戻りました。無事、小学校時代の同級生には会えたのですが、とても驚きました。

こういったうっかりミスをなくしたいとは思っているんですが、そこが私の欠点でなかなか直らないのです。

死ぬということ

死について考えることは、自分の生き方について考えることと同じです。どういうふうに死にたいかということは、どういうふうに生きたいかということと背中合わせ。死ぬまでに何をしたいかということは、今、何をすべきかということに直結しています。

どの人にも、生まれてきたのには、それなりの理由があります。神様はそれぞれに役割を与え、それを見ていてくださると思います。だからこそ、それぞれの立場で「自分自身はいったい何を成し遂げていけばいいのか」と考えると、いろいろな役割が、自分にあることに気づくと思います。みんな各々異なる役割を持っているはずです。考えていくうちに、「私の役割はこうなのだろうな。こういうことをしたら、人生に充足できるだろうし、安心して死ねるのだろうな」というものが見つかってくると思います。

若い頃は、私も死に憧れたことがあります。けれど、それが本物になる前に、若さゆえの活力で、元気になってしまうのです。

自殺者が増える国にはしたくない

でも今、日本では年間三万人以上の方が自殺しています。本当に胸をつかれるような悲しさです。こんなに多くの人が自ら命を絶つ社会や政治は、本当に許していてはいけないのです。

自殺をする人たちの多くが40代~60代という働きざかりの男性です。多分、とてもまじめな誠実な人たちなのです。家族に対する責任感、仕事に対する責任感、会社や世間に対する責任感が強くて、人に迷惑をかけてはいけない、借金を返すためには生命保険が必要だなどと、いろいろ考えてしまうのだと思います。誠実であるがゆえに死んでいく人が圧倒的に多い。これほど誠実な人たちが自らの命を絶っていくというような胸のふさがること、そのすさまじさを私たちは見逃してはいけないのです。

その一方で、殺人が頻繁に行なわれ、自殺サイトで、「一人で死ぬのが寂しいから一緒に死にましょう」と、まったく見知らぬ人たちが一緒に死んでいく状況があります。

こういうニュースを見ると、生まれてきたことの意味を充分には理解していないのだと思ってしまいます。生まれてきたことがどんなに素晴らしいことかという、生命が誕生し、育《はぐく》まれていくことの意味の大きさ、深さを誰も教えていないからだと思います。

ですから、命というものがどれほど大事なものかということを、国民教育の中で教えていかなければならないと思います。

第二章　日本人が忘れつつある大切なこと

日本人の伝統的な価値観とは

第一章で、自分らしく生きようと心掛けてきた話をしましたが、自分らしさを大切にすることや、自分らしく生きることの前提は、「価値観」を持つことにあると思います。それは個人の価値観だけではなく、日本の伝統や文化・文明を貫く価値観に根ざしていると私は考えています。

そこで、ここでは歴史的に見て、日本人はものに対し、どういう姿勢で生きてきたかを考えてみましょう。現代人が理想と考えるような、とても素敵な生き方を、かつての日本人はしていたのです。それは無駄のない、真に洗練された暮らしでした。

独身であっても主婦であっても、今どきの私たち女性たちは、洋服ダンスの中に、洋服がぎっしりと詰まっているのではないでしょうか。多分、片付けるのが難しいぐらいに。女性たちの持ち物、たとえば洋服、ジーンズ、靴、ハンドバッグ、アクセサリーなど、身の回りのものだけでも、所有する点数はとても増えている気がします。ですから、片付けるということが「捨てる」ということにつながってしまっているのです。それは女性に限らず、子供たちも、夫も、男性もそうかもしれません。

食べ物も同じです。本当はまだ食べられるものでも、賞味期限が切れましたと言っては捨ててしまいます。賞味期限が切れたからといって、すぐに捨てる必要もなく、格段に味が落ちるわけでもないために、老舗や一流メーカーが賞味期限切れの品を販売して、ニュースになったのは、本当に皮肉な現象でした。こうして捨てられていく量というのは尋常《じんじょう》ならざるものがあります。

でも、これは戦後の、しかもここ数十年の現象だと思うのです。高度経済成長の始まった頃は、まだこういうことはなかったと思います。田中角栄元首相の金権政治以降のことでしょうか。日本人が小金持ちのプチ成金になり、長く使えるはずの家庭電化製品も含めて、ものがどんどん捨て去られるようになったのは。

しかし、これは歴史的に見ると、決して日本人の本来の姿ではありません。「もったいない」という言葉を生み出してきた日本人が、ものを粗末にしたり捨てたりすることはなかったはずなのです。

ここで、江戸時代の日本人はどのように暮らしていたかを思い出してみたいと思います。ご承知のように、江戸時代は完全な自給自足社会でした。

まず、女性が嫁ぐ時は、その人がだいたい一生着る分の着物を持っていったものでした。一生分というと、どれほどの膨大な数になるのだろうと思いますが、決して多くはないのです。結婚式などの式服用の着物、普段、自宅で着るような絹の着物と木綿の着物といった程度で、それを幾度も洗い張りをして、一生着るのです。もちろん嫁ぎ先でも着物を新調することはありますが、それは何年かに一度ほどの特別の機会のことです。その着物も、すべてがまっさらな新品ではなく、お姑さんからいただくものもあれば、祖父母からのものもあるでしょう。

武士の家では、使用人に対しては、無理をしてでも、年に一回、着物を与えます。武家の女性たちは、そのために四苦八苦して、家計をやりくりするんですね。そうした着物も、最初は新しいけれども、当然、着古されたり汚れたりします。すると、ほどいて洗い張りをして仕立て直すのです。これを幾度も繰り返し、色が薄くなったり、あせたりすると、染め直しをするのです。

長い年月、何度も何度も洗ったり、仕立て直したりして、布地が弱ってきたら、また別の工夫をします。綿入れにしたり、或いは刺し子のようにして、布地を強化することもありました。それでも駄目になってしまったら、着物の布を裂いて、それを編んで、草履《ぞうり》や鼻緒にしたり、小物を作ったり、本当にボロボロになるまで使ったのです。

着物を新調することなどは、本当に特別のことでしたから、大事に大事に着たわけです。今のように、バーゲンごとに洋服を買うなどということはありません。そんな暮らしでも、幕末に日本を訪れた西洋の人たちが口を揃えて言いました。日本人は皆、身分の上下にかかわらず、清潔でこざっぱりした身なりをしていた、他の国々、そして彼ら西洋人の母国の人々と較べてみてさえも、日本人は本当に清潔な身なりをしていたと。

今、ようやく資源の再利用などが定着してきて、エコロジーが叫ばれるようになってきました。このエコブームは、しかし、日本人が当たり前のこととして実践してきた価値観だったことが、江戸時代、明治、大正、昭和の時代を振り返ってみると、よくわかります。その価値観が崩れたこの数十年、先人たちの生き方や暮らしぶりの記憶もすっかり消えてしまったようですが、今のエコブームが一過性で終わってほしくないと考えています。

ものを大切にしながらも、ものから自由でいる、そんな素晴らしい暮らしを忘れないようにしたいものです。

人間の一生が完結する時は、家族と一緒に

杉本鉞子《えつこ》という長岡藩の城代家老、稲垣家の娘が書いた、『武士の娘』という本があります。長岡藩ですから、彼女の父は、藩士とともに戊辰《ぼしん》の役の時に、〝賊軍〟とされました。烈しい戦いの末に、長岡藩は官軍に敗れました。長岡のお城も城下町も焼かれてしまい、大半の藩士も戦死しました。

家老の娘の鉞子さんは、この本を英語で書き、それは名著として、外国で広く読まれ、日本の核をなした文明を海外に紹介しました。その本の中には印象的な場面がいくつもあります。もっと言えばすべてが印象的なのですが、その中に、昔の人は人間の一生をどのように完結させたかを教えてくれる場面があります。

鉞子さんの母が年老いて、体力が衰えてきた頃、鉞子さんは姉とともに、母親と一緒に暮らし始めるのです。母親が危篤なわけではありません。ただ体力も衰えて、この先あまり長くは生きられないと判断して、母親が亡くなるまでずっと一緒に、最期《さいご》の日々を過ごすのです。

その日々の中で、楽しくいろいろなことをしたり、幼子だった頃の思い出を語り合ったりするのです。二人の姉妹の、まだ幼い子供たち、母親にとっては孫に当たる子供たちも一緒です。祖母は残された日々、孫たちに昔話を聞かせてやります。昔のことを教わり、触れ合うのです。そうしながら、母親が安心して旅立てるような準備を、鉞子さんたちはしていくんですね。
昔の人が全員そうしたわけではないかもしれません。けれど鉞子さんもお姉さんもごく自然にお母さんとの生活の準備をし、臨終の時まで当然のように一緒にいるのです。

現代の日本で、今このようなことを皆ができるかといったら、それは無理でしょうね。でも、日本人がこうあってほしいと考える死の在り方の一つは、家族が、もしくは愛する人が、最期《さいご》まで一緒にいるというところにあるような気がします。「看取《みと》り」というとても美しい言葉があります。これは、家族が、愛する人が、最期までそばにいるということです。どんなに税金を高く払って、どんなにお金を費やしても、心安らかに死を迎えられるとは限りません。後ほど詳しくお話ししますが、福祉国家と言われるスウェーデンでさえ、理想とは違った現実があります。

日本の昔を知れば、先人の生き方の中には、人間の心を安らぎで満たしてくれる素晴らしい知恵がいっぱいつまっていたことがわかります。そういった知恵を受け継いでいく日本人の一人でありたいと、私は思っています。

日本文化の伝統が生み出す美しさ

私は小さい頃、見様見真似《みようみまね》でお茶やお花のお稽古をさせられました。「させられた」という受け身な表現をしてしまうのは、当初は、このお稽古が好きではなかったからです。

何といってもお茶は正座をしなければいけません。私は本を読むのは好きでしたが、じっと正座してお作法を教えられるのはたまらなかったのです。ただ、お茶の前に出してもらえるお菓子は魅力的でした。10代の頃からの友人にも、このお菓子が嬉しくてお稽古に通ったという人もいます。それにしても、自分が一人前だと勘違いをする10代の頃の私は生意気でした。アドバイスをしようとする母に対して、一丁前の理屈を言いました。「どうしてここで、こうして三回半回すの?」とか、「どうしてお茶杓《ちゃしゃく》をここに置くの?」など、理屈で攻めるわけです。

でも、お茶の作法じたいに理屈はないのです。それは所作《しょさ》の美しさなのですから。美しさに理屈はありません。強いて「理屈」を言えば、それは無駄を省いた動きの極致《きょくち》、つまり、合理性の極致なのかもしれません。その合理性や美しさは、体験の中で磨かれて磨かれて生まれてきたものなのです。

しかし、10代の頃の私はそんなことは理解できませんでした。それでも、ハワイ大学に留学した時にも、お茶のお稽古は続けたいと思いました。ハワイでは、お裏千家で学びました。先生は身内ではなく他人です。失礼なことも我がままも許されませんし、通用しません。一回一回理屈を言うことも許されません。

ですから私は理屈抜きで、否応なくお稽古をしなければなりませんでした。が、それは本当に良いことだったのです。学ぶということ、習うということにおいては、ある時期、理屈抜きで素直に師匠の言葉に従っていくことが大事だからです。

そしてある時、お釜でたぎるお湯の音を聞いていたら、本当にフッと、あの南国のハワイにいながら、深山幽谷《しんざんゆうこく》に踏み入って、松林を風が吹き通っていく、その音を聴いているような感覚を覚えたのです。自分でも本当にびっくりしました。

それは小さな意味での悟りの境地だったのだと思います。狭いお茶室で、広大な宇宙の、しかも松林の梢《こずえ》を吹き渡っていく風を、湯の沸き立つ音の中から感じたことは、全身に鳥肌が立つくらい感動した一瞬でした。

書も絵画も焼き物も料理も香りも、空気の流れも火の勢いも、部屋の構造も人の佇《たたず》まいも、すべてを一つにまとめた芸術として茶道があります。

お茶の世界では、四季折々だけではなく、その出会いごとに、心を尽くして客を迎えます。お花を活け、お香を焚《た》き、掛け軸を選ぶ。そして、炉の灰までも美しく整え、その日集う人々と、今生の別れになるかもしれない一期一会の出会いを、静寂の中で楽しむものなのです。

そのようなことに気づいた頃からですね、お茶のお稽古にすごく熱心になったのは。日本に戻ってきて、新聞社勤めで早朝から夜遅くまで働いていても、お茶のお稽古だけはずっと続けました。

その体験から言うと、最初はわけがわからないのです。お稽古事は何のためにするのかとか、何が良いとか、楽しささえわからないかもしれません。けれども私や友人のように、繊細で美しいお菓子をもらえるというそれだけで続けたりするのです。そして頭というよりも、体が動きを覚えていくと、ある時、フッとわかることがあるのです。

お茶の楽しみは、美しい形が身につくことにもあります。たとえば、「ちゃんと座ってごらんなさい」と言った時、多くの人は、背もたれに背中をぴったりくっつけて座るかもしれません。でも、お茶のお稽古の経験のある人は、自然に背中に卵が一つ入るぐらいの隙間をあけて座るでしょう。背筋もスッキリと伸びていて美しい座り方です。また、両腕と脇の間にも卵が一つ入るくらいの隙間が自然にできているはずです。その姿勢は、女性であろうと、男性であろうと、自信に満ち堂々としたものとなっているはずです。お稽古を通して、自然に美しい姿勢が身についてくるのです。

美しい姿勢は美しい座り姿になり、美しい立ち姿になり、美しい所作の基本になります。お茶であれ、お花であれ、剣道であれ、何であれ、日本の伝統文化には理屈抜きの、しかしとても合理的な美しい所作がつまっています。できるだけ、伝統文化に触れてみるのが良いと思います。

朝はとにかく早く起きる

私はいつの日か、やるべき仕事をやり終えた時には、里山に住みたいと思っています。

基本的に「自然の中にいたい」という気持ちが強いのです。自然の中にいれば、朝、日が昇れば起きるでしょうし、日が沈めば活動が緩やかになって、やがて眠りにつくと思います。

冬の朝陽の昇る時間、夏の朝陽の昇る時間は、それぞれ違います。けれど昔は、季節毎の自然の巡り方に合わせて暮らしていたのです。それを思えば、日の出とともに起きるのはとても自然なことです。

今でも心掛けていることがあります。朝はなるべく早く起きることです。これはテレビの仕事をしていた時からずっと続けています。当時は番組が遅い時間だったということもありますが、朝の3時、4時までスタッフと一緒に飲みに行ったり、食事に行ったりしていました。そういう生活を続けていると、うっかりするとダラダラしてしまいます。そこである時から、どんなに遅くに休んでも、いったん7時には起きようと決めました。

睡眠時間が足りずに疲れが取れない時には、どこかで少し昼寝をします。30分も眠れば頭はスッキリします。7時に起きるようにした時から、私の体調は本当に良くなりました。私は本当に朝が大好きなのです。早く起きるだけで、気分が幸福になります。いろいろな考えも湧いてきて、力が体中に漲るような気分です。

早起きをすると、時間もたくさんあります。朝から会議などがある日もありますが、「午前中」にたくさんの時間があるのは、一日が長くなったようで嬉しいのです。

以前は、仕事が多い時は、就寝時間をどんどん遅らせていったのですが、今はできるだけ12時には休み、仕事が多い時には3時や4時に起きるようにしています。休む時間も、起きる時間も早め早めにするほうが、体調も気分もすっきりします。

とても早く起きる理由は、この二年間、母と一緒に過ごすようになったこともあります。午前中は、なるべく一定の時間を母と過ごすように努力しています。ですから、自分が何かをしようと思ったら、その分早起きをすることになります。冬の4時は真っ暗ですが、冬至《とうじ》をすぎて一日一日と巡っていく内に、夜明けの時間が変化していくのがよくわかります。季節が巡っていくスピードが実感できます。

朝はまず障子を開けて、熱い美味《おい》しいお茶を一杯いただくのが楽しみです。

母に教わったこと

私はめったに落ち込んだりすることはないのですが、今年97歳になる母が倒れた時には、とてもうろたえました。

親しい人や愛《いと》しい人が病気で倒れたりすると、とても心配ですよね。特に、命にかかわることだと、胸が震えます。いろいろと悪いことを想像してしまって、落ち込んだり途方に暮れたりします。

母はすっかり回復しましたが、母が倒れた時は、私も途方に暮れそうになりました。病院に駆けつけて、ドクターに説明を受けて、何が何だかわからないにしても、できることは全部してみようと決意して、皆でその体制を整えながらも、「これからどうなるんだろう」という不安に苛《さいな》まれました。

命というのは神様しか扱えない領域の事柄であって、小さい人間である自分たちの力が及ばないことはたくさんあるわけです。ですから、そういう人力、人知を超えるような場面に直面した時には、神に祈るしかないと思い知りました。

私の父は、長い間、私たちと離れて暮らしていました。そして私がアメリカの新聞、『クリスチャン・サイエンス・モニター』のアシスタントをしていた頃に入院していたのですが、長い間、別居していたとはいえ、病気の父のことが心配で、よく病室に泊まり込んで、そこから仕事に行っていました。

長期入院をさせない今と違って、当時の病院は、必要であれば長期間の入院をさせていました。父も一年四カ月程入院していました。

昼間は付き添いの方がいてくれて世話をしてくださるのですが、夜になると、一人になってしまうこともありました。もし、その時にどうにかなったら大変です。もちろん病院ですから、夜には看護婦さんも巡回しますし、基本的には心配ないのでしょうが、それでもできる時には、なるべく病室に泊まるようにしていました。誰かがそばにいれば、ちょっとしたことにも、すぐ対応できますものね。

父の時も心配しましたが、母の時もとても心配しました。

そこで、今は泊まり込みの方二人に、一週間交代で母についてもらっています。二人はともに60代のベテランです。「今までいろいろな病院や家庭で多くの患者さんをお世話してきたけれども、お母様のように前向きな人は見たことがない」と言われます。この方たちが言ってくださるように、本当に母は前向きな人です。明治生まれの女性たちは皆、芯の強さを持っているのかもしれませんが、その気力には敬服します。

実は、母が倒れた時、手や足に麻痺が残るかもしれないと言われました。6カ月間も入院が続いて、ずっとベッドに寝ていたのですから、それだけで足腰は立たなくなるし、動けなくなるのも仕方がありません。ですから、リハビリをして歩く練習をしなければいけないのですが、看護師さんたちに言わせると、患者さんの中には、そうしたリハビリを嫌がる人も少なくないそうです。「いくらお手伝いをして運動をさせても、嫌がる人はやはり回復が遅いのです」と、言います。

倒れてから二年が過ぎましたが、母はただの一度もリハビリを嫌がったり、不平を言ったりしたことがありません。いつもニコニコして、進んで歩こうとします。その前向きさや意欲に、私は、「ああ、すごいな」と感心させられています。

今も、言葉が出てきにくいなどの後遺症が、まったくないわけではありません。けれどドクターからは「こんなに回復した患者さんは今まで見たことがない」と言われています。私が生きていくうえで、母の人生への姿勢や取り組みは、とても素晴らしいお手本になっています。

弱いものは守ってあげる

こんなことを語るのは、実はとても面映《おもはゆ》いのですが、いろいろな人が、母に対する私の接し方がとても優しいと言ってくれます。

長年勤めてくれているお手伝いさんにも、同じことを言われました。

もともと商社に勤めていて、ご主人の仕事の都合でロンドンに住んでいた、サッパリした気性の人ですが、彼女は、「櫻井さんを見ていて、『ああ、こういうふうに母親に接しなければいけないんだ』と思って、私も優しくするようになりました」と言ってくださる。

もう一人は、学生時代からの友人で、すでにお母さまを看取った人です。彼女は、「よしこさんを見習って、私も母に優しくなったのよ」と話してくれました。

私は、普段秘書たちにはビシッとものを言います。言うことは言って、私が鍛えなければ、秘書の若い女性たちは、学ぶべきことを学べないかもしれません。たとえば、不十分な仕事をした時も、「これでいいのよ」と言ってしまったら、彼女は、成長するきっかけを失うことにもなります。ですから厳しく言うということは、一人一人の能力を磨いていくために必要なトレーニングなのです。

でも母には、何があっても厳しく言ったりすることはありません。それは、今の母が、圧倒的に保護を必要としている存在だからです。高齢になって病気をして、一所懸命に回復しようと、前向きに生きている母には、応援と尊敬の心を込めて、たくさんの愛情を注ぎ込むことしか考えられません。

小さい子供やお年寄りは、どんなことがあっても、無条件に愛して受け入れていくのが良いし、それが自然だと思います。ですから、私は子供に対しても、いけないことはいけないとは言いますが、本当に優しくするように心掛けています。

なるべく言葉で思ったことを表現する

母への想いや優しさを、なるべく言葉で表現するようにも心掛けています。家族ですから、以心伝心だったり、顔を見ればわかったりするのも確かなのですが、人間は言葉にして伝えなければ、伝わらないこと、理解してもらえないことはたくさんあります。

日本人は、相手への尊敬の念や愛情を、ことさら言葉にして伝えることに恥じらいを見せたり、気後れを感じたりして、きちんと表現することが苦手です。

でも、私は母に対して、きちんと言葉で表現するように心掛けています。

「お母さん、今日はお肌がつやつやしていて、本当にきれいね」とか、洋服を着替え終わったら、「なんて素敵なんでしょう。とてもよくお似合いですよ。本当に素敵よ」などと、ニコニコ顔で褒めます。

それは母が元気な時からずっと心掛けてきたことです。こうすると、母の顔にも晴れやかな笑顔が浮かびます。心底嬉しそうに、目が輝きます。そして心も明るく和むのは言うまでもありません。気持ちを言葉で伝えること、後ろ向きで否定的なことではなく、前向きの、相手を幸せな気分にする言葉を送ることは、その人を生き生きとさせるのに、大きな力を発揮します。

こうするようになったのは、やはりハワイの生活がきっかけでしょうか。一緒に住んでいた父の姿を見ていて、言葉の果たし得る役割に気がついたと言えなくもありません。

父は昔の人間でしたから、自分の気持ちを言葉にすることはあまりありませんでした。ですから、「ああ、今はこういう気持ちだから、こういう表情をしているのかな。こういう気持ちでこういうことをしたのかな。なるほど、なるほど」と、これは自分の心の中でいろいろと忖度《そんたく》するのです。「お父さんはこういう気持ちでこういうことを言ったのだ」と、心で理解しながらも、やはり、口に出して言ってほしい時もありました。説明してほしい時も少なからずありました。

強い絆で結ばれているはずの親子でも、夫婦でも、恋人同士でも、言葉にしなければ、わかり合えないことはおそらくたくさんあります。当時は切ない程そのように感じていたものですから、せめて私は、きちんと言葉に託して自分の気持ちを伝えようと思い始めたのです。皆さんもぜひそうしてほしいと思っています。

第三章　大人が子供に伝えるべきこと

戦後に生まれた世代の不幸

戦後の日本の親は権威をなくしたとよく言われます。それはとても残念なことですが、戦後の価値観から、ある意味予測されたことではありました。

日本の出版文化は素晴らしい実績をあげてはいますが、その割には残念ながら本を読んでいない人も多い。日本の歴史もあまり学ばない人たちが増えました。人間として、或いは日本人としての教養を身につけることは後回しにして、早くお給料を増やすにはどうしたらいいか、というようなことが優先される。そういった価値観が蔓延《まんえん》しているように思えます。

親がそのような様子では、子供は、「ああ、お父さんは立派だな」とか、「お母さんはちゃんとわかっているんだな」とは思わないでしょう。

そして世の中全体が豊かになって、日本では、足らざることによる不幸と同じく、足り過ぎることによる不幸もあるのだと、痛感させられます。

今あふれているのは、ものだけではありません。情報もあふれています。携帯電話が普及して、充分な判断力を備えるところまで成長していない子供たちまでが、ありとあらゆる情報を手にすることができるようになりました。インターネットには、良い情報も悪い情報も、裏づけのある情報もない情報もあふれています。そして、これらの情報を子供たちが選ぶ基準は確立されていません。

本来なら大人が指導しなければならないのですが、親は、子供がコンピュータの世界でどういうことをしているか、携帯電話で何をしているか、知らないケースが多いのです。また、指導しようと考えても、親のコンピュータ操作の技術は、子供より遅れている場合が少なくありません。親には、この分野で子供を指導する力がないという現実があります。

結果として、判断力が備わっていない子供たちが、とんでもない世界に迷い込んでしまいます。

でも、諦める必要はありませんし、諦めてほしくありません。実は人間も社会も、問題意識を持ったその瞬間、正しい方向に向かい始めているからです。つまり、その人、その社会が問題意識を持った時から、正しい方向に軌道修正する可能性が生まれているのです。自分には正すべきところがあるなあと感じたなら、もうあなたはその時から正しい方向へ向かっているのですから、一歩でも二歩でも、その方向に踏み出していけば良いのです。そのために、どういったことを学んでいくか、どんな情報を自分の中に取り入れていくかが、とても重要になります。

とても大切な、家庭での食事

あるテレビの番組で、子供たちに自分の家の夕食の風景を描かせていました。その絵には、お刺身やステーキ、コロッケなどかなりのごちそうが描かれています。どの家の中も立派で、昔のように小さなちゃぶ台ひとつで家族が身を寄せ合って食事をしているのではなく、お花を飾った立派なテーブルがあり、立派なＡＶ機器も置かれていたりします。

しかし、その中には「あれ？」と思うような絵がいくつかありました。

絵の中には、お父さんもお母さんもいるのですが、子供と別々に食べているのです。両親が立派なテーブルに座って、テレビを見ながら食事をしている一方で、子供は自分の分だけをお皿に盛り付け、自分の部屋で、一人でテレビを見ながら食べているのです。

最近とても話題になった本に、『普通の家族がいちばん怖い』（岩村暢子・新潮社）がありました。普段から家族揃って食事をする家庭が少なくなり、一人一人が好みのものを、バラバラに勝手に食べてしまう。元旦の朝にも集わない家庭が4割にも達しているというのです。食生活と家庭生活の崩壊は、ごく普通の家庭の日常の風景だというのです。

長野県のある公立小学校で、食事の大切さを実証する実践がありました。給食などを改善し、非行をなくすことに成功したのです。この学校の校長先生は、朝礼で子供が貧血で倒れたり、授業に集中できずに騒ぎだすのは、朝食を食べていないためのエネルギー不足だったり、栄養バランスのとれていない食事のせいで集中できないからだと考えました。

そこで、学校給食を大幅に改善しました。基本として、パン食を発芽玄米まじりのご飯食に切り替えました。地元の産物を活用し、新鮮で栄養のバランスのとれた食事を、ボリュームも増やして生徒たちに食べさせました。おいしくなるようにしました。食事の改善は功を奏し、子供たちの非行がなくなり、平均学力も驚くほど上がりました。たかが食事を変えただけで、と思うのは間違いなのです。人間の体は食事によって作られていくのですから。

この学校の試みは食事の大切さを改めて教えてくれました。

最近の新入社員研修では、「朝食をきちんととりなさい」ということから始めるという話を聞きました。研修中に空腹のため倒れたり、集中できなかったりという若者が多いからだそうです。

夜遅くまで仕事をした結果、疲れてしまって、朝起きられず、朝食抜きで会社に行くことがないとはいえませんが、そのような事情がなくても朝食を食べない人が多いのです。そもそも一日のスタートである朝食をきちんととるという生活習慣が、子供の頃から身についていないのです。

食べ物がありあまって大量に捨てられる現代で、家庭での食生活がとぼしく、貧しくなっているのは大いなる皮肉です。朝、子供を送り出す時、コンビニのおにぎりを買わせるのではなく、お母さんの手作りの朝ご飯を食べさせる。新入社員として職場に向かう時、自立した大人として、朝食をきちんととってから家を出る。子供や若い人にそのような生活習慣を身につけさせるのが、家庭教育の基本だと思います。しっかりした食事、朝食の充実で、気持ちが違ってくることを自覚したいものです。

親学のススメ

日本の教育において、一番問題なのは、実は親たちだと、よく言われます。子供たちの非行や不登校の責任が親だけにあるわけではありませんが、最も大きな原因の一つであるのはたしかです。

アメリカでは1960年代から、もう50年近くも前から、親や家庭の在り方が子供たちにどのような影響を与えるかについて注意が払われてきました。アメリカ社会で増え続ける少年非行の現実を前にして、親はどのように子供に接し、どのように子供を教育すべきなのかを、考えざるを得なかったのです。

現在、日本では明星大学の高橋史朗教授が「親学」というものをすすめています。簡単に言えば、「子供を指導できるような『良い親』とはどういう親か」を学ぶものです。

親学の学びは、ただ単に本を読み、自分の知識を増やしていくことではありません。生まれて、生きて、死ぬということはどういうことかを、まずは自分で認識し、日々の生活の中で、子供たちにもきちんとそれを教えていく、そんなことができる親になることを大きな目的としている勉強です。これはとても大切なことだと思います。

自分はなぜ生まれたのかについて考えれば、自分の存在を、両親、祖父母、曽祖父母などの存在と結びつけて考えることになります。自分の存在は、今現在の一瞬のものではないということ、長い長いつながりの中にあるということがわかってきます。

自分を育《はぐく》んだ、いわば縦軸の時間の流れと共に、自分が今生きている横軸に広がるこの社会にも目がいくことでしょう。そうして眺めれば、自分という人間を形成してくれているのが、両親や祖父母、日本の文明や歴史であり、変化を遂げつつある日本の社会であることも見えてきます。

一人一人の人間を、日本という国につなげる絆についても自覚させ、親たちが大事にしてきた事柄を子供に伝え、分かちあう。そういったことのできる親になるために、大人たちにこそきちんと教えようと、高橋史朗先生は尽力しているのです。

良い親になって、子供にしっかりした教育を施すという点で思い出すのは、会津藩の『日新館童子訓』です。ここには、武士の子供たちがどのように教育され、しつけられたかという具体例が書かれています。

まず、「人間はこの世に一人で生きているのではありません」と説きます。どんな人も三つの大きな恩によって生かされていると教えるのです。父母の恩、先生の恩、そして社会の恩です。

こうした恩で生かされているのですから、それに応えるためには「人の道」を知り、人間としてきちんと生きることが大事だと書かれています。

私は、母が97歳になろうとしているからでしょうか、この『日新館童子訓』の中の年長者への心配りの教えがとても印象に残りました。

なかでも興味深いのは、「父や母の前で、ものを吐いたり、げっぷをしたり、くしゃみやあくびをしたり、よだれ、はなみずをたらしたり、わき見、背伸び、ものによりかかるなどしてはいけません。いずれも人に対してきわめて失礼な態度なのですから決してしてはなりません」というくだりです。

現代では考えられないほどの厳しく美しい挙措《きょそ》を、武士の子供たちは小さな頃から教えられて育ったということがわかります。

もし、両親が年老いて、同じようなことをしてしまうようになったら、「それは歳をとったせいです。その時は、両親が他人に対して恥ずかしい思いをしないように、人目にふれぬよう、ふきとって差しあげなさい」「父母が他人に気遣いをしないですむように努めなければなりません」とも書いてあります。私には、そのようにできるかしらと自問しつつ読んだくだりです。

おじいさん、おばあさんから伝えられる教え

以前は昔のことは、おじいさんやおばあさんから学んでいました。

今は核家族化が進んで、「古くさい。時代が変わった」などと言って、おじいさんやおばあさんの価値観に、背を向けてしまいがちです。けれど、先の世代、そのまた先の世代の人たちには、本当に賢い知恵を身につけていた人たちが大勢いたのです。人として生きるうえで大切なことを身につけていた人々の体験を、暮らしの中で伝えていた三世代家族の生活を見直したいものです。

以前、テレビで大変面白い実験をしていました。電車の中で化粧をする女性たちに関する実験です。

20代の女性6人に電車に乗ってもらい、それぞれに課題を与えるのです。課題は封筒に入っていて、電車に乗って初めて、課題の書かれた紙を開くことになっています。その紙には、「目的地の○○駅にたどりつくまでに化粧をすませてください」と書いてありました。それを読んで、何のためらいもなく化粧ポーチを取り出して、パッパッと化粧をする女性もいましたが、人の視線を気にして、人があまりいないような席を見つけ、見られないようにして口紅を引いていた人もいます。かと思えば、課題を読んで困惑し、目的の駅についてからトイレで化粧をした女性もいました。つまり、人前で化粧ができなかった人と、平気でできた人に大別されたわけです。

人前で化粧ができなかった女性たちには、一つの共通点がありました。それは、おばあちゃんと一緒に住んでいる三世代家族の孫だったのです。事例としては少ない人数ですから、それを基準にして結論づけるようなことは危険かもしれませんが、少なくとも三世代家族と核家族の間に、伝承する価値観の違いがあることを示しているように思います。

若い人はお年寄りのグチだと思うかもしれませんが、三世代家族の場合は、おばあちゃんたちが、「恥ずかしいことをしてはいけないよ」「みっともないことはしないようにしなさい」「他人に迷惑をかけるようなことは慎みなさい」などと、大切な価値観を含んでいたことを日頃から言い聞かせているのだと思います。

私にも年頃の姪が二人います。「電車の中でものを食べたり、お化粧をしたりしては絶対にいけない」と、私はおばあちゃんではないのですが、人生の先輩として注意をします。彼女たちは「わかったわ。そんなことをしないわ」と言うのですが、「電車の中では携帯電話もしてはいけませんよ」と言うと、「それは厳しいなぁ。どうしてもメールはしてしまう」と反論してきます（笑）。

それでもやはり、若い人には言うべきことは言っておきたいと思います。世の中はこういうものだと思ってしまっては、間違いも失敗もしてしまうでしょうから、誰かが口うるさく言ってやらないとわからないこともあるのです。

人前での化粧はなぜ駄目なのか。簡単明瞭です。はしたないからです。はしたないことはしてはいけないのです。これ自体が、日本人の基本的な価値観の一つです。でも「はしたない」という言葉自体、使われる頻度が下がっていないでしょうか。逆に「はしたない」人たちが、世間の人気者になっているのは、日本の水準が目に見えて低下していることなのです。

「お金は働いた報酬」として得るもの

今、子供にお小遣いを与えない親が増えているそうです。

お小遣いを与える余裕がないとか、無駄遣いをするからというのが理由ではありません。必要な時に、その都度お金を渡したり、買い与えたりするため、月に決まったお小遣いを渡すということをしていないのだそうです。

私がハワイ大学の学生の頃、スチューデント・メイドとして住ませてもらったアメリカ人の家庭でも、お小遣いを与えていませんでした。でも、必要な時に必要な額を与えるからではありません。この家の子供たちは、お小遣いを家の手伝いをすることで得ていたのです。この家庭は裕福でした。にもかかわらず、週に一回、庭の掃除、両親の靴磨き、そして新聞配達などのアルバイトをしていました。

そうすることで、子供たちはお金を得ることの大変さとお金の大切さを身にしみて理解します。自分で稼いだお金の使い道もきちんと考えるようになります。

ある時、こんなことがありました。

この家の小学5年生の息子が、土曜日か日曜日、いずれかの日にすることになっていた庭掃除を、日曜日の夕食の時間になっても終えていませんでした。それに気づいたお母さんは、息子に「お庭を掃除していないでしょ」と注意しました。息子が言い訳をした時、「言い訳は許しません。これからすぐに行ってお掃除をしていらっしゃい」と、食事が途中であるにもかかわらず、席を立たせました。

私は驚いて、日本ならば、とにかく子供に食事をさせた後、きちんと言い聞かせ、夕暮れの暗い時間帯を避けて、次の日の朝など明るい時に改めて掃除をさせるだろうと言いました。すると、そのお母さんはこう言ったのです。

「そんなことをしていたら子供はどうなるかしら。小さい時に自分の家の庭の掃除をするというような簡単な約束ごとを守れなかったら、大きくなって会社に勤めたり、会社を経営するようになった時、もっと大事な社会的な約束を守れない人間になってしまう。だから、小さい子供に対しては、非常に厳しくしつけをしなければいけないのです」と。

そう言いながら、でもお母さんは、息子が庭を掃除する間、カーテンの陰に隠れて、心配そうに、庭の方をじっと眺めていました。親にとってこうしたしつけをするのは難しいことです。子供に厳しくするよりも、優しくするほうがずっと簡単ですから。お小遣いも黙って与えるほうが、欲しい時にただ与えるほうが簡単です。

でも、親としてはしんどくても、子供をきちんと叱り、なぜ叱らなくてはならないかを説明し、責任をとらせることがとても大事です。そして、叱られた子供が責任を果たしたら時にはその子を抱きしめてやることがとても大切だと思います。

英語教育は日本語を完璧にしてから

最近は、小学校に入学前、もっと言えば、0歳児から英語を習わせているご家庭があります。何でも吸収しやすい時期に新しいことを覚えさせるためなのかもしれませんが、私は小さな子供には英語教育は必要ないし、むしろよくないのではと思っています。

カタコトしか話せないのに、英語混じりの日本語を使う子供は、いったいどの言語で、深く考え、その考えをきちんと表現できるのでしょうか。

英語や日本語をまぜこぜにして話す人がいます。そのような人たちに「英語やカタカナ言葉を使わないで、全部日本語で説明してごらんなさい」と言った時に、きちんと説明できる人は問題ないと思います。でも、それができない場合、日本語、英語、両方の言語能力は、本来100なくてはいけないところが、90や80ぐらいで終わってしまっているのではないかと思います。

言語能力が100に足りないということは、考える能力がそこまで達していないということです。こうした主張に対して「ただ単に言葉を知らないだけで、自分の頭の中では考えています」と反論するのは、虚しいのです。

考えるためには、言葉が必要です。

言葉があって、それを駆使することが、「考える」ということです。ですから、言葉が80しか出てこないということは、80の深さしか考えることができないということなのです。


子供には、美しい生き生きとした日本語の文章を、たくさん声に出して読ませることです。そして書かせることです。お父さんやお母さんが物語を読み聞かせて、いろいろなお話をして、美しい日本語、教養のある日本語で教育することが基本だと思います。

それができた時に外国語に触れさせると、すぐに理解します。高い日本語のレベルに達した子供には、それだけ高い理解能力が備わっていますから、たとえばある英語表現を聞いた時、それはこういうことを意味しているのだと、すぐに日本語に置き換えることができます。

自分の考え方や感受性、物事に対する理解が、ある一つの言語でしっかりと築かれていれば、その人は充実した思考能力を備えているといえます。思考能力が充実していますから、そこに他の言語が入ってきても、解釈できます。ですから、繰り返しになりますが、幼児時代の英語教育よりは、基本をおさえた充実した日本語教育が必要なのです。

一つの言語で本当の力がついていれば、中学生になって初めて英語を習おうが、高校生になって初めて英語を習おうが、必ずあっという間に吸収していきます。そのための土台の力を作ってやることが、本当の教育だと思います。

それには、親が家庭で、しっかりと子供に本を読んであげたり、子供に読ませたり、指導してやらなければなりません。小さな子供さんがいる方は、偉人伝などを含め、たくさんの本を読んで聞かせてやってほしいですね。そして、あなたが大事だと思うことについて、なぜそのことが大事なのかについて、子供さんに、話してやってください。

父親と母親の役割は違う

父親と母親それぞれに、異なる役割分担があります。お母さんは本当に無条件の愛を子供に注ぐ、これがとても大事なのです。無条件の愛といっても、悪いことをしたら、きちんと怒らなければならないのは言うまでもありません。けれど母親の愛情の基本は、無条件です。

一方、お父さんはやはり友達ではいけないと思います。

お父さんというのは、良きにつけ、悪しきにつけ、威厳のある存在であってほしい。威厳を持つことは、何も怖い顔をすることではありません。子供にとって「お父さんはすごいな」と思わせるようなお父さんであることが大切だと思うのです。それはたとえば、お父さんが、自分の仕事に真剣に立ち向かう姿勢を見せることかもしれません。必ずしも出世しなくても、お父さんはこんなに一所懸命生きているんだと、胸を張って子供に言えるような生き方、父親自身が自分に対する信頼と誇りを持てるような生き方をしてほしい。人生はそれほど生易しいものではないけれど、その人生に自分は果敢に立ち向かって行くと覚悟をしていれば、その心構えと勇気は必ず子供に伝わり、「すごいお父さんなんだ」ということも伝わります。仕事に対しても、人生に対してもいいかげんなことをしないという姿をこそ、見せながら生きてほしい。それが父親の子供に対する最高の教育です。

最近、親子だけではなく、先生も友達のようになっています。先生といえども生徒と同等で、上から見下ろしてはいけないという理由で、教壇までなくなりました。

でも、先生は人生の先輩です。持っている知識と知恵を子供たちに教え授けるのですから、間違いなく偉いのです。しかし、偉い先生は親しみ難い面もあり、疎まれることもあります。だから、最近の先生は友達のように接するんですね。

こうした現象は、「人は皆、平等」ということとはまったく別です。人生において、教えてくださる人は、師なのです。敬意を払い、感謝するのが当然です。そこに「命としての平等」という別の尺度を持ち出すのは間違いです。その意味で、07年に行なわれた教育基本法の改正は、不十分ではありましたが、方向は極めて正しかったと思います。

子供には、日本の伝統文化を習わせてほしい

子供が5~6歳になったら、日本の伝統的な文化を一つ習わせたら良いのではな

いかと思います。剣道でも柔道でも、日本舞踊でも良いでしょう。書道でも何でも良いと思います。子供の好き嫌いもあります。お茶やお花が好きな子供もいるでしょうし、もっと活動的な子供もいます。ちなみに、私の姪はなぎなたを習っていました。

その子がどんなものが好きかを見て、日本の伝統文化の習い事につなげていけば良いと思います。

その時に、親が子供と一緒に習うのも良いかもしれません。同時に習いはじめれば、大人の方が吸収力も、理論構成力もありますから、ある程度までは親の方が必ず早く上達します。すると、親が子供に教えることもできます。それは親にとっても嬉しいことに違いありません。

命の愛《いと》おしさを身につける

この十数年、コンピュータゲームなどバーチャル世界の考え方が子供たちに浸透し、命の大切さがわからなくなっていると言われます。

次世代ゲームなどの進化もありますが、世の中が便利になった結果、本来ならば人間が時間をかけ、経験を重ねて学び取ってきたものが、プロセスが省かれ、結論だけが子供たちの頭に入ってくるようになりました。或いは、バーチャルな世界が実際の世界よりも深く子供の心に食い込んでしまうようにもなりました。

そんな中で、人間は人間同士の絆の中で暮らしてきた、それが人間の生き方なのだという実感が、極端に薄れているのです。

命の愛《いと》おしさは、言葉だけではなく、家族と暮らしていく中で教わるものだと思います。小さい時から親に愛され、兄弟と暮らし、近所の友だちと遊び、おじいさんやおばあさんもすぐ近くにいるという中で、体験によって学んでいくものだと思います。

それはどういうことか。たとえば、おじいさんやおばあさんは年をとるにつれ、体も弱っていきますね。昔は本当に元気な元気な人たちだったのに、70歳をすぎたら、少し頼りなくなってしまった。ああ、やはりきちんと守ってあげなければいけないと自然に思います。80歳を過ぎたら、物忘れもするようになった。90歳を過ぎたら、歩く時に手を引いて、本当に守ってあげなくてはいけなくなった。こんな過程を経て多くの体験をすることによって、人の命には限りがあること、それだからこそ、もっと愛おしいのだということを学んでいけると思うのです。

ところが今、家の中で死んでいくのはペットくらいのものでしょう。多くの場合、人間は病院に行きます。そうでなくても、核家族でバラバラで、おじいさんとおばあさんは養護老人ホームなどにいて、普段いつも会っているわけではないかもしれません。ですから、人間の生老病死を体験して、命について学んだりする機会が本当に少なくなっているのです。

さらに今の大人たちは、子供たちが苦しみや悲しみを経験しないよう、子供たちを守ってやりたいという一心で、社会の実態や人生の辛い部分に目隠しをして、見せないようにしている傾向があります。

しかし、子供に一部の心配や苦労をさせないように育てることが、親としての愛情かといえば、そうとも言い切れないのです。

「命は大事ですよ。愛おしいものなんですよ」と、言葉で説明するだけではなく、子供と一緒に愛おしさを体験し、実感し、または、その愛しい命がなくなってしまった時、その悲しみを一緒に受け止めることが大事なのです。または、ある事件に対して、これで良いのか、何がおかしいのかなどを、一緒に考えていくことも親としてとても大事なことだと思います。

愛するからこそ、本気で怒り、叱《しか》る

日本の子供たちは、自分に苦労をかけないよう、辛い思いをさせないよう、豊かに自由に育ててくれた親に対して、どんな気持ちでいるのでしょうか。

東洋大学の中里至正《なかざとよしまさ》教授が、日本、アメリカ、韓国、中国を含む7カ国の中高生6000人を対象に、親子の心の絆について調査をしました。そこには、親に対してどれだけの親近感を感じているか、どれだけ親と意思疎通ができていると思うか、そして、どれだけ親を信頼しているかという質問がありました。

母親に対して親近感や信頼を抱いていると答えた日本の中高生は25・1パーセント、父親に対しては13・4パーセントでした。

他国の中高生の回答はばらつきがありました。アメリカは、母親に対してが81パーセント、父親には78パーセントでした。中国も同じぐらいで、母親に対して77パーセント、父親に対しては70パーセントの信頼がありました。韓国は少し低く、母親に対して54パーセント、父親に対して47パーセントという結果でしたが、どこも日本ほど低くありません。

これはどうしてでしょうか。

日本の親は子供の希望をすべて叶《かな》えようとし、子供の要求に対して、ノーと言わなくなってきたと言われます。また、威圧的にならないよう、友達感覚で接する親も増えています。それでも、日本の子供たちが親に信頼を寄せるわけでもなく、親近感を覚えているわけでもないのです。これは人間というものは、ものを与えられたことのみで信頼したり、満足を得たりするのではないということを表しています。

でも親たちは、子供を怒らない、叱らないことが、良い子を育て、良い親子関係を築くと考え、子供を怒らず叱らず、ひたすらのびのびとさせようとします。結果として、幼稚園や小学校に入るまでに、親に注意をされたことはあっても叱られたことがない子供が増えています。で、家庭から一歩外に出て、他人に叱られたりすると、ひ弱な子供たちの心は、ポキンと折れてしまうのです。

親の愛は優しいだけでは不十分です。愛しているからこそ、本気でぶつかったり、他人には言えない厳しいことを言ったりもできるのです。親が子供に本気でぶつかる、本音で接することを忘れてしまっているのではないでしょうか。社会での表面的な人づきあい、親しさも信頼もあまりない、ほどほどの関係が家庭にも反映されているような気がしてなりません。

スウェーデンの福祉は充実しているのか

今現在、日本は世界一の高齢化社会で、医療問題や福祉問題の在り方が問われています。

年金もそうです。日本の報道では、スウェーデンなどはとても理想的な福祉の国と言われています。すると、日本では「スウェーデンのような高い福祉が望ましいと思うのならば、税金を上げなければならない」という議論になってしまい、それは政治的に難しいため、そこで話は終わってしまいます。

私はスウェーデンの福祉について、複数の施設を取材してきました。スウェーデンの人々の話だけでなく、スウェーデンにずっと住んでいる日本人の方からも話を聞きました。スウェーデンではたしかに、年をとっても国が面倒を見てくれます。でも、その面倒の見方は、全部が全部、理想的なわけではありません。日本のマスコミは、すごく立派なサービスをしている施設を取材しますが、全然異なる面もあります。

スウェーデンには、お年寄りが一緒に暮らす巨大なグループホームがたくさんあります。ある区画には、入ったら二週間で亡くなるという区画もあります。延命治療を施さないで、皆自分の死を受け入れていくのです。また別の区画には、寝たきりのお年寄りが並んでいます。こんなことは多くはないのかもしれませんが、汚物の匂いすらします。時間に従って、お世話をしてもらうのですが、その時間がこなければ、そのままにされてしまうのです。おむつも替えてもらえないし、寝たきりで起こしてもらえないのです。

高福祉国家のスウェーデンにも、このような現実があります。

高福祉政策で政府のやることは素晴らしいと言っても、一人一人が本当に満足した形で一生をまっとうできるようなサービスを提供するのは、とても大変なことなのだと思います。高い税金で支えられているスウェーデンの福祉政策でも充分には達成できていない目的を、私たち日本人は、世界一の高齢化国家の国民として、どのように達成していけば良いのでしょうか。

家族がお年寄りを介護するのは本当に大変なことですが、お年寄りの究極の幸せは、ずっと家族がそばにいることではないかと私は思っています。だからこそ家族を支援し、お年寄りを囲む環境を幸せなものにしていくために、本当に知恵を絞らなければなりません。

パパやママではなく、名前で呼び合う夫婦

日本の夫婦は、子供ができると、パパとママ、つまり、お父さんとお母さんになってしまう傾向が強いようです。それは一面では、微笑《ほほえ》ましいことですが、ここでは別の面から考えてみます。

こんなことがありました。

私のハワイ大学の時からの親友と、何年振りかで再会した時のことです。その友人は、「パパがね、〇〇したの……」というふうに、いろいろ話をしてくれました。私はその友人のお父さまもよく存知上げていましたので、お父さまの話だと思いつつ、聞いていました。けれど何かおかしいのです。記憶の中の学生時代の彼女は、ご両親のことを父、母と言っていましたし……。

暫くして、彼女はどうもご主人の話をしているようだとわかりました。それで思い切って聞いてみました。「あなたがパパと言っているのは、お父さまではなくて、もしかしてご主人のことかしら」と。

すると、彼女は瞬間的に顔を赤らめて言いました。「よしこさんに言われて初めて気がついたんだけれども、やはりパパじゃないわよね」と。

こんなことが気になるのは、先に触れたように、日本の親たちが余りにも子供中心になってしまって、子供可愛さの結果、きちんとした教育もしつけもできにくくなっている現実があるからです。「パパとママ」の呼称は、夫婦が互いを子供中心の視点から見ているためではないかと思うのです。

パパやママ、お父さんやお母さんという呼称は、30代や40代で使うのは少しもったいない気がするのです。愛し合って結婚した二人なのですから、子供を可愛いがり、大切にしながらも、互いを、妻と夫として、大切にすることも忘れてほしくないのです。アメリカの人たちは50歳になっても、70、80歳になっても、自分のパートナーに愛しているということをくどいほど表現しますし、社会の基本はカップルです。そのことと、子供への愛や教育は立派に両立します。

やはり、夫は夫であって、妻は妻です。愛している異性なのです。異性として、愛し、親として、慈しむ。その両方を大切にしてほしいのです。

富山県に八尾《やつお》という町があります。この町に行くと、男の人も女の人も、子供もお年寄りも実に輝いています。そして、結婚して30年、40年経った方々が、「私ね、うちのダンナに惚《ほ》れ直したの」「うちの女房もなかなかで惚れ直しちゃった」と言うのをよく聞きます。

なぜ、彼らは惚れ直してしまうのか、それは、毎年恒例の「おわら風の盆」にあるような気がします。

八尾の男の人が、本当に男らしい魅力に満ちた人が多いのは妻に惚れられているからだと思います。そして八尾の女性もまた本当に魅力的な人が多いのですが、それは夫に惚れられているからだと思います。なぜ彼らは互いに惚れあうのか、毎年恒例の「おわら風の盆」で、彼らの魅力が発揮されるからなのです。

八尾の人たちは、9月1~3日の三日間、「おわら風の盆」に情熱を傾けます。このお祭りに参加して、三味線を弾き、胡弓《こきゅう》を弾いて、おわらを歌い、踊るのです。一人一人が自分自身の芸を磨く中で、女性はいよいよ女性らしく、男性はいよいよ男性らしく、輝くのです。そして三味線の名手も、胡弓の名手も、踊りの名手も、各々の芸を若い世代に教え伝え、尊敬される存在となります。

男性が男性らしく、女性が女性らしく、お年寄りが年長者としての威厳をもち、子供が何とも言えずあどけなく子供らしい八尾の町。皆が自分らしさを忘れていない理想的な姿がそこにあります。

私の大切な精神的な家族

私は家族の大切さをずっと語ってきましたが、私にも子供がたくさんいたら、ずいぶん楽しかっただろうなと思います。と同時に、子供に恵まれていたら、今の私とはまたちょっと違う人生になっていたのかもしれないと思います。

クラスメイトの中には、孫のいる人が少なくありません。見ていて微笑ましく、「ああ、良い人生だな」と思います。彼女たちは、そういう意味では、私よりも多くのことを達成しているのです。子供を産んだ女性には、私はそのことだけで、敬意を表したくなります。その人を心から認めたいという気持ちになります。

私の家族は、現在、母と兄の家族です。兄一家と仲が良い方だと思いますが、べタベタしているわけではありません。兄の家族は兄の家族であり、一種の独立性があったほうが良いと思うからです。兄だからといって、私が口を出したり、その家庭に入り込んだりするのは良くないと思いますし、おかしいと思います。

一緒にできることは一緒にしますが、姪たちも甥も、それぞれにきちんと仕事をして暮らしていますから、ちょっと距離を保ったうえで、心にかけていくのが良いような気がします。大切な人、親しく打ち解けたい人であればあるほど、ほどほどの距離を保つことも役に立つと私は思っています。

私は兄が結婚をした時に、実家を出て自立をしました。

落語でもお芝居でも、跡取り息子が結婚した時に問題が起きるのは、意地悪な小姑がいるからだという話の筋になっています。どんなに相手を思っていても、ちょっとしたことが摩擦の種になりやすいのです。

夫と妻は夫婦だからこそ、水に流すことができますが、嫁と小姑は少し違います。だから一番良いのは、先ほども書きましたが、少し離れたところから、心を込めて見守ることです。そのようにしなさいと、昔の人は上手に処世術を、お話の中で伝えています。

今、私自身の家族について考えてみると、血のつながった家族というよりはむしろ、「精神的な家族」の像が浮かんできます。価値観を共有したり、夢に向かって歩み続ける勇気を奮い起こしあったり。そんな共通の基盤に立つ人々との絆を大事にしたいと思っています。特に若い世代には、心を込めていろいろなことを伝えていきたいと願っています。

第四章　歴史の中の日本人

日本人の気質

日本人は、とても穏やかな性質の民族です。日本列島に住みついた人たちの歴史を振り返ると、そのことが見えてきます。

世界中を見渡すと、戦いを好み、他者を殺しながら生きてきた民族もありますが、日本列島に住みついた人々は圧倒的に平和主義で、優しく、自然と調和しながら生きてきたことが、その歴史から判明します。

では、どこまで歴史をさかのぼったら、現代の日本人の気質の片鱗《へんりん》を伺うことができるのでしょうか。ただ優しいだけでなく、素晴らしい知恵を備えていたという点で、私は縄文時代にまで戻ってみたいと思います。

その縄文時代に暮らしていた人、つまり、縄文人はどこから来たのでしょうか。

最近は教科書にも縄文時代は登場せず、弥生時代から子供たちに教えるケースが多いのですが、日本には縄文人が住んでいて、見事な文化を築いていたのです。

最新の人類学の研究によると、現在の私たち人類、つまり新人は、アフリカのとある一人の女性から生まれたとされています。面白いでしょう?

今までは、たとえば、ネアンデルタール人はヨーロッパ人の祖先だった、北京原人はアジア人の祖先だったというふうに言われていたのですけれど、それは違うということがわかったのです。遺伝子の研究が進んだおかげで、人類の祖先の全貌が見えてきたわけですが、新人の祖先は、十数万年前から20万年前くらい前に誕生して、アフリカの、私たちがイブと呼んでいる女性だと結論づけられました。

白人も黄色人種も皆、黒人女性から生まれていたというと不思議かもしれませんが、肌の色の違いは、すべて日光の量によるものだそうです。たとえば、アフリカなどの強い日差しがあるところだとメラニン色素で肌を保護しなければならないし、北欧など日光量の少ないところだとその必要はありません。環境が皮膚の色を変えていったのです。

話は戻りますが、イブの子孫たちが少しずつ少しずつ移住しながら、ヨーロッパ大陸に行き、アジアにうつり、そして、アジアの北の方から南下してきたのが私たち日本人の祖先と言われています。新人は、皆、一人のお母さんから生まれたのです。そんなふうに考えると、人間はみんな一つの家族、いがみ合っても仕方がないなという大きな心の枠組ができるような気がしませんか。

私は、そのような考え方が、日本人の気質の根本にあるように思います。

楽しみながら暮らしていた縄文人たち

縄文時代は一万数千年前に始まったとみられています。彼らは日本列島の各地で小さな集落を作って暮らしていたのです。各地に散在していた彼らに共通していえることは、彼らは皆、とてもグルメだったということです。

くるみや椎、ゆりね、山芋、くず、かたくりなどを食べ、真鴨、しぎ、あほうどりなどの鳥を捕まえていました。シカ、イノシシ、タヌキ、オオカミ、キツネ、ノウサギ、カワウソ、ニホンザルなどの動物も食べていたと言われています。魚つりもとても上手だったと言われ、カツオ、マダイ、サケ、コイ、フナ、ウナギ、ハマグリ、アサリ、カキ、アワビ、サザエ、おまけにフグまで食していました。

しかも彼らはただナマで食べるだけでなく、一夜干しにしたり、どんぐりやくるみの粉、イノシシやシカの肉を使い、野鳥の卵をつなぎに使い、縄文式ハンバーグを作ったりしていたのです。酵母を発酵させ、岩塩にして、保存食を作っていたことも判明しています。

日本列島は中国大陸などに比べると、気候が温暖で雨量もあり、食料が潤沢でした。とても住みやすいところだったのです。人口も当初は二万人くらいと考えられています。少ないわけですから、お互いに争うこともなく、毎日のようにお酒を飲み、宴会をしながら暮らしていたのだと思います。

青森の三内丸山遺跡《さんないまるやまいせき》の研究で、縄文人が編み物をしていたということもわかりました。縄文ポシェットというのが有名になりましたね。今でいうかぎ針編みの原型は縄文人が作っていたのです。

また、三内丸山遺跡には非常に大きな柱の跡が残っていて、それらは4・2メートル間隔で整然と並んでいました。つまり、一尺、30センチ、もしくは60センチを基準として、その長さの尺度がその時代にあったということなのです。6本の大きな柱の上には、構造物があったはずです。それは朝日の昇る方向と夕日の沈む方向に、真正面に向いていたのです。天文学の知識があり、自然のうつりかわりについても、縄文人はよく知っていたということになりますね。

当初二万人程だった人口は、縄文前期になると10万人、中期になると26万人に増えました。人口が増えたということは、それだけ豊かだったということと、いろいろな大陸からの移動があったということが推測されます。

日本列島を目指してやってきた人たちは、ここで落ち着き、豊かで楽しい生活をしたのです。それがこの日本列島が生み出す人間形成の一つの根幹になったのではないのかなというふうに思います。

聖徳太子に見る日本人気質の原型

記録として保存され、私たちがおぼろげながらであってもこの国の歴史をわかりはじめるのは大和朝廷の頃です。この頃の日本を語るには、なんといっても、聖徳太子の存在が重要です。

聖徳太子は実在の人間ではなかったとか、十七条の憲法も彼が作ったものではないなど諸説あるのも確かです。それはともかくとして、聖徳太子という人物が語り継がれてきたという、その価値観が大切なのです。

何ゆえに彼が語り継がれてきたか。

それは、太子が行なったとされる政治や統治が、進取の気性に満ちていて、寛容の精神と人間的な愛という、日本人の性質にぴったりと寄り添うものだったからだと思います。

聖徳太子は数え歳で19歳の時、現代の高校三年生ぐらいの年齢で、推古《すいこ》天皇の摂政《せっしょう》として、日本国の首相となりました。この時代の日本にとって非常に重要な問題は、宗教と外交でした。宗教では、なんといっても仏教の伝来が大きな問題でした。太子が登場する50年以上も前に日本に伝えられていて、その仏教を受け入れるかどうかが議論になっていました。

当時の日本の宗教は、日本古来の神々を敬い祭る神道でした。神道とはどういう宗教かといえば、山にも川にも、森にも池にも湖にも、一本の樹木にも石にも、自然のすべてに神が宿っているという考えです。

今はどこの神社にも立派な建物がありますが、古代神道には建物など何もなく、たとえば大きな石の上に、御幣紙《ごへいし》をつけた棒を立て、そこに、天から神が降りてくるというような、きわめて素朴な形だったのです。

その神々の前に、いかにも絢爛《けんらん》豪華な金の仏像を持った神が現れたのです。これは物部《もののべ》氏と蘇我《そが》氏の政治論争になり、戦争にまで発展しました。

しかし、聖徳太子が摂政になったとたん、「両方とも受け入れます」とパッと結論をくだしました。「新しい宗教を受け入れるけれども、それは枝と葉っぱであって、神道は幹なのです」という教えも定着させていきました。古来の神々への敬いを忘れてはならないとして、聖徳太子は新しいものが入ってくると、皆、そちらばかりに心を奪われてしまうけれど、それではいけないという敬神《けいしん》の詔《みことのり》を出しました。

これは特筆すべきことです。海外諸国の場合、たとえば十字軍を見てみると、彼らはキリスト教だけが正しいと信じて、武力でキリスト教に改宗させたり、言うことを聞かなければその民を虐殺したりしました。このように宗教というのは、えてして、排他的で唯我独尊《ゆいがどくそん》なのですね。

でも、日本における宗教はそうはなりませんでした。聖徳太子がそのようになさらなかったということは、日本人の穏やかな特性を反映していたはずです。

聖徳太子という人物が本当に存在したかどうかについては論争がありますが、聖徳太子という人物がいて、彼が仏教を受け入れ、古来の神々も大事にしました——ということが、物語として今まで語り継がれてきたこと自体、日本人にとってはそれが正しく、大事なことであったことを示しています。つまり、日本人の価値観を表しているのです。

世界を見回してみても、このように穏やかな宗教観は日本だけの特徴なのではないでしょうか。

アメリカの政治学者であるサミュエル・ハンチントンが『文明の衝突』という書物の中で、世界を8つの文明に分類しました。そして、日本を日本文明として、そこに所属するのは日本だけであるとしましたが、それはとても鋭い分析だと思いますね。宗教心において、まさに、これほど寛大で、優しい民族はいない。人によっては、そのことを宗教心がないとか欠如しているとか言いますが、その批判は違うと思います。

面白い体験をしたことがあります。

クリスマスの頃にイスラム圏の方と東京の表参道を歩いていました。通りはすっかりクリスマス風に飾られています。イルミネーションも大層きらびやかでした。その時、私が「日本人はキリスト教徒でもないのに、こんなにはしゃぐのよ」と言ったのです。

すると、彼女が「それが日本の良いところじゃない！　私の国なんてイスラム教以外のことをしたら殺されかねないわ。こんなふうにキリスト教だろうが仏教だろうが神道だろうが、みんなで楽しく盛り上がれるのは素晴らしいことよ」と言ったのです。なるほどと思いました。日本人の寛容な精神というのは、現在に至るまで、健在なのですね。その寛容な精神を育《はぐく》んだ要因の一つが、日本列島の温暖な気候、その自然環境だったと思います。

外交政策でも聖徳太子に学ぶ

日本にとって、もう一つの大事な課題だった外交では、隋《ずい》、つまり、中国との関係をどうするかが問題でした。

隋は周辺諸国を南蛮《なんばん》、北狄《ほくてき》、東夷《とうい》、西戎《せいじゅう》などと呼び、自分の国よりもはるかに下の蛮人や獣のように見下してきました。事実上、属国にならなければ生存していかれないような国際情勢でしたから、世界の中で隋は大国だったのです。

その隋とどのように外交関係を結んでいくか。隋は日本を属国にしたがるけれど、聖徳太子は少なくとも日本と隋は対等であるべきであり、対等にしなければならないと考えていたはずです。

それまでは、残念ながら、日本と隋は対等ではありませんでした。

たとえば卑弥呼《ひみこ》という女性がいましたが、この、「卑しい弥と呼ぶ」という名称は、おかしいと思いませんか。日本国の女王がなぜ、卑しいと呼ばれなくてはならないのでしょう。その卑弥呼にもいろいろな説があります。当時、日本列島と中国大陸を行きかう商人がいて、その貿易をとりしきっていた女親分が彼女だという説もあります。

中国という大国が背後で支えていて、その女性を卑弥呼と呼んで、家来のように扱っていたとも言えるでしょう。

外交はこのような状況でしたから、聖徳太子は常に、いかにして他の国々と異なり、日本は中国と対等の位置を築き上げていくかを考えていたと思われます。

すると、チャンスがやってきました。

隋の煬帝《ようだい》という皇帝が朝鮮半島を攻めるという時に、聖徳太子は手紙を送りました。「日出《ひい》づる処《ところ》の天子《てんし》、書を、日没する処の天子に致す。恙《つつが》なきや云々」という有名な手紙ですね。天子という言葉は皇帝と同じ格です。煬帝の怒りは、聖徳太子にとっては想定の範囲内でしたが、同時に、この手紙を受理せざるをえないだろうということもわかっていました。

一方の煬帝は日本に使者を送り、様子をさぐらせたら、日本はなかなか手ごわい相手だということがわかったのです。律令制度は整っているし、都はあるし、女帝がいて、摂政としての聖徳太子もいる。もし、この国と戦うことになったら大変だということが認識できたと同時に、これから朝鮮半島と戦うにあたり、朝鮮と、その背後の日本とも戦わなければならないのは負担が大きいと認識したのです。

その頃合いを見て、聖徳太子が再び手紙を出しました。本当に外交上手だと思います。しかも、二回目の手紙では、煬帝のメンツをつぶしてしまった「天子」という言葉を使わず、「東の天皇、謹《つつし》みて、西の皇帝に申す」と書き、天皇という新しい称号を作ったのです。

大変な知恵ですね。思惑どおり、煬帝はこの手紙を受理し、それ以降、日本は隋と対等な関係を築きました。属国にも植民地にもならなかったのは、周辺の国々を見ても日本だけです。私は今でも、つかず離れず、対等の関係を保つのが、日本と中国にとって一番良いおつき合いの仕方だと思っています。

私たち日本人の先祖が、穏やかさの中に、自立心や誇りを、しっかりと持っていたことを、現代日本人は知っておいたほうが良いと思います。

世界に誇りたい、優しさ・穏やかさ

繰り返しになりますが、日本人は優しく、穏やかな人種です。

あまりにも穏やかで優しすぎて、島国で海に囲まれているから、外国人と接する機会は少なく、もちろん摩擦も少なかったのです。

しかも、江戸時代の260年余り、鎖国をしていた中で、この世のものとは思えないほど素晴らしい国家を作った人たちが、同じ人たち同士で約三世紀を過ごしたということは、日本人のその性格をいよいよ深め、決定的に優しく、協調的なものにしていきました。

でも、強調的で優しいというだけでは国際社会では通じません。利用されてしまうのが関の山です。そうした試練に、開国後の日本は直面することになります。

この260年間の見事な社会の在り様や日本列島の幾千年もの歴史に立って、

先人のように如何《いか》に賢く国際社会と渡り合っていくかを、私たちは考えなければなりません。本来の日本人の優しさや穏やかさ、そして協調性をどのように保っていくかにも知恵を絞らなければなりません。

国際政治の中で正々堂々と渡り合い、同時に穏やかで優しい民族であり続ける。このような相反する性格を、今後どのように身につけるかということが問われているのです。

前述したように、ハンチントンが、日本文明は日本だけのものであって、それがユニークでもあり、脆《もろ》くもあると評しました。そのユニークさと脆さを誰よりも私たちが意識し、擁護し、維持していかなければならないのです。

日本列島はほどほどに暖かく、ほどほどに涼しく寒いため、豊かな実りを自然が与えてくれます。

厳寒の冬がずっと続くわけではありません。暑さや旱魃《かんばつ》に苦しめられることもあまりありません。自然の豊かさの中から、村の人たち全員でものを分け合うゆとりなども生まれてきたのです。

世界地図で日本を見た時に、私は、「太陽にとっての地球が、地球にとっての日本だ」と思うことがあります。

太陽系の中で、地球が地球でありうるのは太陽からの位置と距離ゆえです。太陽からほどほどに離れているため、焼き尽くされもせず、冷え切りもせず、加えて木星や土星が、激突してくる巨大隕石に対する盾の役割を果たしてくれるため、地球環境が保たれているわけです。地球の中の日本は、ユーラシア大陸からほどほどに離れ、遠くもなく近くもなく、そして四囲《しい》を豊かな海に囲まれている。本当に恵まれた地理条件のところにあると思います。

そこまで言うと、「日本こそが宇宙の中心にあると思っている」と思われるかもしれませんが、自分の国を愛おしく思うという発想の中には、そういう考えもあっても良いと思いませんか。

第五章　読書と言葉

どんな本を読むべきか、教える時代になった

私は小さい頃から本を読むのがとても好きでした。

本というよりは「文字」かもしれませんね。小学校の低学年ぐらいの時に、母の『婦人公論』も読んでいましたから。もちろんとても理解などできていないはずなのですけれど。

学校の先生が家庭訪問にいらっしゃると、よく言われていたと母は話してくれました。「よしこちゃんにあまり難しい本を与えないでください。なるべくお外で元気に遊ばせてやってください」と。

成長するにつれて、歴史物が好きになりました。日本の歴史が好きだから、たとえば「江戸時代」「古代の聖徳太子の〇〇」「鎌倉の〇〇」などと書いてあると、その文字だけで本を買ってしまいます。

「面白いことを書いている著者だな」と思った人の本は、全作品を買う癖がありま す。ですから、書店に行くと持ちきれなくなって、配達してもらうはめになります。本には収入に不相応なお金を使いましたが、その中には本当に出会えて良かったと思う著作がたくさんあります。

今、世界に、どのくらいの点数の本があるかご存知ですか。

角川書店の角川歴彦さんの調査では、だいたい3400万点だそうです。3400万点。大変な数です。日本の国会図書館の蔵書がおよそ880万点(平成18年度末現在)です。アメリカの国立図書館が、約2000万点。それと較《くら》べると日本はまだまだ少ないですね。

とはいえ、昔に比べれば膨大な数です。

昔、私たちは、「何でも良いから好きなだけ読みなさい」と言われました。乱読したところで、本の点数がそんなに多いわけではありませんから、どこから始めても到達すべきところにだいたい到達できたのです。たとえば史書を読んだり、マルクスを読んだり、夏目漱石を読んだり、いったんは外れてしまっても、だいたいゴールは一緒です。

昔の旧制高校がそうだったそうです。とにかく本を読ませて、先生と生徒が寮などで侃々諤々《かんかんがくがく》、議論をかわす。書を読み耽って、生とは何か、死とは何か、人生とは何かと論ずるのです。もちろん小説も読みます。一定の方向を目指したわけでもなく、ひたすら乱読したように思えても、振り返ってみると、何となく、皆が同じようなものを読んでいました。

ところが今はあまりにも点数が多すぎて、乱読をしていたら、とんでもない方向に行ってしまいます。「多すぎることによる不幸」なのかもしれません。「本を読みさえすればよい」といって、たとえばバイオレンス小説ばかり読んでいたら心がおかしくなります。マンガばかり読んでいても、到達してほしいと思うところにはなかなか行けないでしょう。

だからこそ、今の時代は、かえってきちんとした読書指導が必要な時代だと思います。

本はジワリと人生に効いてくる

それでも、本はたくさん読んでほしいと思っています。本というものは、著者が全精力を込めて書いたものです。調べたこと、発見したこと、感じたこと。さまざまなことについて一人の人間が精魂こめて書いたものだといえます。他人の貴重な考えや、仕事や人生についての著作を数百円、単行本でも千円台で手に入れられることの驚き。

私は本を読む時、「読ませていただく」という気持ちになります。反対に著者としては「読んでくださって本当にありがとう」という気持ちになります。

そんな思いで読んだ本でも、今は何の役にも立たない、何も感じないと思うことがあるかもしれません。でも、いずれ人生のどこかで、読んだ本の意味や味は、必ずじわりとにじみ出てくるものです。

若い頃に読んだ本を、たまに、時を経て読み返してみることがあります。まったく違う印象を受けたりして、自分の〝成長〟を感じたり、新たな発見をしたりします。ゆっくり楽しむ読書にせよ、仕事の必要上の読書にせよ、本は人生に本当に大きな喜びをもたらしてくれます。

新聞は、一枚の絵を仕上げるのに必要な、部分部分の絵を集めるような気持ちで、じっくり読むと面白いと思います。自分の頭で考えるよう意識的に訓練しながら、楽しんでください。

私たちはとかく報道された情報を鵜呑みにしがちで、自分の頭で情報の正否を判断しようとはあまりしません。

たしかに新聞で伝えられる情報には裏づけがあるはずですから、信頼して良いのですが、それでもその情報だけでは決して全体像は掴めないということは知っていてください。日本の新聞の多くは、国際社会の重要なニュースを度々、伝えません。ですから日本の新聞だけを読んでいては、一体世界がどの方向に動いているのか、よくわからないこともあります。

また、新聞に報じられている情報が、必ずしも公正中立な情報ではなく、特定の考えに偏《かたよ》っている例は枚挙《まいきょ》に遑《いとま》がない程です。ですから新聞を読むということは、基本的に考える材料を拾い集めることなのだと考えると良いかもしれません。

新聞のどの面が一番私の興味を引くかといえば、社会面です。記者が足で稼いだ社会部の情報は、政治部の情報よりも事実を大事にした、本音の情報が多いような気がするからです。政治面、社会面、国際面、そして幾種類かの新聞を読みくらべて考える能力を身につけると、世の中がぐんと広がります。

愛読書は国語辞典だった

ハワイに留学している時、私は日本語の辞書を、文字通り、よく読みました。

私は日本の大学に進学していませんので、日本語の教育は高校止まりです。だとしたら、高校の国語など子供のレベルですから、日本語のわからない変な日本人になってしまったら大変だと思っていました。その意味もあって、ハワイでの愛読書の一つは国語辞典だったのです。

なぜ、日本語のわからない日本人になってしまうかもしれないと危惧したのか。それは、私を含めて日本人学生に変な言葉で話す人たちがいたからです。日本語で話していると思ったら突然英語が混じり、英語で話していると思ったら、これまた突然日本語に変わってしまうのです。言っていることは理解はできますけれども、とても奇妙な感じがしました。

こんな中途半端な状態だったら、満足な日本語が話せなくなってしまう。かといって、満足な英語も話せない。第一、聞いていても、日本語と英語のごった煮のような会話は、音の響きも美しくありません。そんなふうにしか話せなくなるのはとてもまずいことだと思い、気をつけ始めたのです。美しい日本語を話すには、まず、正しい日本語を知らなければならないし、言葉もたくさん知っているほうがよいと考えたのが、辞書を読むことにつながりました。

昔の小説には、漢字にルビ（ふりがな）が振ってありました。子供も読めるようになっていて、とてもうれしかったのを思い出します。意味がわからなくても、ルビの助けで読むことができさえすれば、どんな文章でもスイスイ読み続けられます。そして意味も通じてくるのは、本当に不思議なことです。ルビつきの漢字の面白さは、時々、「へえ、そうなんだ」と思えるような言葉に出会うことです。

小泉（純一郎）さんが、「政治には上り坂も下り坂もあれば、まさかという坂もある」と言いましたが、その「まさか」という言葉が、子供時代に読んだ本の中に出てきたのです。そこには、真実の逆、「真逆」という漢字に、「まさか」とルビが振ってありました。私は子供心に、「あ〜、『まさか』というのはこういう意味なんだ」と思った記憶があります。

何も説明しなくても、一瞬で心が納得したり、心に響いてきたりする表現。そのひとつがルビつきの漢字だと思います。

漢字は非常に能弁に視覚に訴えてきます。見れば文字の印象が、パッと頭に入ってきます。子供だけではなく、人間の興味は、いつの日か、この漢字はどういう意味なのだろうという点に、行くと思うのです。

すると、漢字の成り立ちを辞書で調べたりするでしょう。ここまで来たら、本当にその言葉を理解し、その言葉を使いこなすという域に達することができると思います。

近頃うれしかったのは新潮社から『日本語漢字辞典』が出版されたことです。漢字はその字のとおり、中国から伝来したものです。けれど日本で生まれた漢字には素晴らしいものがたくさんあります。どれほど豊かな言葉が、日本語の中にあるか。それこそ、辞書を読む楽しみを体験してほしいと思います。

言葉遣いが美しかった母

昔から母はご近所の方々から「言葉のきれいなお母さんですね」と言われていました。

幼い頃、私たちは大分県の引揚者のために割り当てられた六軒長屋のうちの一つに住んでいました。そこには本当にいろいろな方がいましたが、兄は特に元気でいたずら坊主でした。

その兄に、母は「そんなことをしてはいけませんよ。駄目ですよ」という丁寧な怒り方をするのです。

そんな怒り方では、男の子が言うことなど聞くわけがないと言われながらも、それでも「ダメですよ」「いけませんよ」「こちらにいらっしゃい」などと、とても優しい話し方をしていました。

私は大きくなるまでそういう環境ですごしたのち、ハワイに行きました。ハワイでは、ずっと日記をつけていました。

私は自分が書いたものはほとんど読み返すことをしないのですが、ある時、古い日記が出てきて、読み返し、とても驚いたことがあります。自分で言うのもおかしいのですが、日記の中の文章が、とても美しい言葉遣いで綴られていたのです。今では断定調で書くことが多いため、男っぽい文章だと言われます。でも、当時の日記帳の文章は今とは全然違うのです。

尊敬語、謙譲語がきちんと使われていて、『源氏物語』のように、主語が誰であるか書いていなくても、「目上の誰それさんについて書いている」のだとすぐにわかるような書き方です。高校を卒業したばかりの十代の私の日記の中の美しい日本語は、母の影響だったのだと思います。

精神と言葉の関係

ハワイ時代の日記の言葉がとても美しいのに較べて、今の私の文章が男っぽいということに触れました。

それは、私の精神世界の違いに他ありません。

世の中に発表する私の記事は、ほとんどの場合、時事問題を取り上げています。時事問題を「ですます」調で論じるのは、いわばリズムが合いません。柔らかでゆったりした言葉遣いでは、じれったくなります。もっと迫力を持って、ポンポンポンといかなければなりません。体言止めにしたり、「である」と断定したり、「べきではないか」と挑んだりすれば、強いメッセージを送れます。

ですから、「そこで、こういうふうに担当者はおっしゃいました」などとは間違っても言わないのです。

ニュース原稿は無駄のない文章でなければならないのです。たとえ総理大臣の発言でも、「おっしゃいました」という表現ではなく、「発言した」「述べた」と書けば無駄のない文章になりますね。つまり、時事問題や世に問題提起する文章と、たとえば自分が実際に会話で用いる表現とは当然違ってくるということです。

ものを書き、それを発表する時、「この記事で、日本の直面している問題を鮮やかに切り出して見せたい」「問題解決に役立ちたい」と、いつも思っています。当然、その思いが、文章の強さとなって出てくるのです。

おかしなことに、そういった言葉遣いで強い文章を書く自分を、もう一人の自分が複雑な思いで見つめているというような感覚になる時があります。それはやむなく、知り合いの政治家や言論人などを批判する時です。たとえ知り合いであっても、書かなければならない時にはきちんと書いてきたつもりです。それでも書きながら、「どうしてこんなに強い調子で書かなければいけないのかしら」と思いつつ、書く自分を見つめている自分がいることに気づきます。こういう職業に就いていなければ、こんな強い表現はしなかっただろうし、この人物に対してこういうことも書かなかっただろうなと。

でも大事な場面では、個人の情はすべて横に置かなければならないのです。そういう時、書くことの責任と業のようなものを感じるのです。

手書きにこだわる理由

パソコンの普及率は年々上がり、昨年の3月の時点で70パーセントを超えました。パソコンは、たしかに非常に便利で、仕事のスピードを速めてくれます。ブログなどでは、一度に自分の考えを多くの人に伝えられますし、そのメリットは計り知れません。

しかし、よく言われるように、そのことによって、漢字を書けなくなりつつあります。変換キーを押しさえすれば、いくつもの漢字の候補が出てきて、その中から選べます。漢字を読むことはできますが、書けないのですね。

漢字は、とても味わい深い、意味深いものですね。日本人は、日本独自の漢字を、本当にたくさん創ってきました。その日本漢字の豊かさは、日本の文化の源の一つです。漢字を一つ一つ書いていくと、その漢字がなぜできたか、そして、そこからどうやって平仮名が生まれたかがおぼろげながら見えてきます。

その字の意味を、手で書くことによって、いわば体得していけるのです。味わい、消化していくことで、その文字、その言葉に対する理解が深まります。

私の仕事は毎日原稿を書くことですが、すべて手書きです。

タイプ打ちはかなり速くできますから、パソコンもそれほど苦ではないのですが、手書きのほうが書きやすいのです。

実は、先輩が原稿用紙を特別に注文したら5000冊ほどもきてしまったそうです。「使いきれないから、少し分けてあげる」とおっしゃり、段ボール詰めの原稿用紙がドサドサと送られてきました。それを、今一所懸命使わせていただいているのです。

これからもできるだけ、自分の手で書いて、目で見てという作業をし、言葉に対して敏感でありたいと思います。

カタカナ英語は使わない

言葉を使ううえで、一つだけとてもこだわっていることがあります。

それは、どんな言語を使っていても、その言語自体で完結したいということです。たとえば、日本語で話しているなら、日本語として完結したい、英語で話している時は英語で完結したい、と。私が自分の意志を曲がりなりにも伝えることができる言葉はこの二つだけですが、留学中から、自分の中で二つの言葉を混ぜ合わせることはなるべく避けたいと思ってきました。

それはつまり、カタカナ言葉を日本語の中で使わないということです。

日本人は怠け者なのでしょうか、カタカナ言葉が好きなのでしょうか。きちんと日本語にしなければいけないものを、どんどんカタカナにして使ってしまいます。コンピュータ用語は言わずもがなですが、この頃の映画の題名もそうですね。英語の表現をそのまま持ち込んでしまっています。

また、会社名や企業の商品案内のパンフレットなどにもカタカナ言葉が溢れていますし、横文字の省略言葉なども以前と比べると、格段に増えています。

それだけ日本語の力や言語力が衰えているということです。

言語力が衰えているということは、すなわち、日本語によってものを考える、もしくは感じる、そして解釈する能力が衰えているということです。これは明らかな日本文明の衰えの兆しだと、私は思っています。

言語能力の不足は、考える能力の不足とほぼ同義語ではないでしょうか。考えるためには、言葉が必要です。

言葉があってそれを駆使することが、「考える」ということです。ですから、言葉が80しか出てこないということは、80の深さしか考えられていないということになります。

たとえば、英語で「〇〇リテラシー」と言うでしょう。日本人は、それを日本語に訳さず、○○リテラシーのまま使っていますね。では、それがどういう意味なのか、日本語で説明できるでしょうか。もしできないとしたら、それは理解していないのと同じことなのです。

リテラシーは、物事の理解に最低限必要な言語（読み書き）能力といえますが、それを日本語に訳さずにリテラシーというカタカナで書き換えてしまうのは、まさに「言語能力」の不足なのです。

言葉は、とても大事なのです。

わかったつもりになっていても、説明できないということは、わかっていないのと同じです。もしくは、ある一つの事柄に対して、漠然とした考えしか持てないとしたら、これも正確にわかっていないことになります。

それは考える能力になっているとはいえません。

言葉を自分のものにしている中国人

悔しいけれども、中国人はその点しっかりしていると思います。日本語のようにカタカナがありませんから、外国から入ってきた言葉は、否応なく中国語に訳さなければなりません。

たとえば、中国語でコンピュータを電脳、テレビは電視、などと書きます。そのとおりだと思いませんか。本質を理解しているのがわかります。それをしない戦後の日本を、私は本当に心配しています。

「ショッピングセンター」などという言葉もそうです。センターは中国語では「中央」となります。だから、ショッピングセンターは「市場中央」「中央市場」となるのですが、こう書くと、私たち日本人はなんとなく異なったイメージで捉えてしまうでしょう。「センター」という言葉は、すでに日本人の感覚の中に根を下ろしてしまっているのです。しかし、それは日本語とは言えないのです。

そこで、「じゃあ、英語でお話しになる？」と聞いたところで、英語もきちんと話せない場合もあります。つまり、とても中途半端なのです。中途半端はあまり役に立ちません。

言葉は、ただ単に伝達の手段ではなく、その後ろには文化の積み重ねや、価値観がしっかりとあるものなのです。

つまり、言葉はその人自身を表し、その民族を表し、その文明を表すのです。

一つの基準として定義づけるもの、定義づけられるもの、それこそが言葉だと私は思います。

対人関係は鏡の中の自分を見るようなこと

同じようなことを話していても、言い方によって、意味するところが正反対になる可能性がありますね。

たとえば、目の前のコップにお水がちょうど半分入っているとしますね。その事実に対し、「もう半分しかないわね」と言うのと、「まだ半分も入っているわね」と言うのとでは、同じ「半分」という言葉を使っていながらも、正反対の意味になってしまいますね。

「半分」についての、自分の気持ちや思いが言葉遣いの差に表現されているのです。表現によって意味は前向きにもなり、後ろ向きにもなります。言葉遣いの大切さがわかります。

対人関係でいえば、私自身が言われると嫌なので、他人には言わないようにしていることがあります。

社会で働いていれば、無理をすることはたくさんありますよね。徹夜で仕事をすることだってあるし、食事の暇もなく仕事をしなければならないことだってある。疲れている状況は誰にも日常茶飯にあるじゃないですか。

そういう時に、「櫻井さん、どうしたの。やつれているわね」と言われても、あまり嬉しくないでしょう?

仕事場で会うたびに、「おう、櫻井、どうしたんだ。今日はやつれているな」と言う男性がいました。その人自身がいつも寝不足のような、お酒を飲みすぎたような顔をしていました。私はムッとして、「私よりも、あなたのほうこそ」と言いたいと思ったことが、実は幾度もありました。でも、現実には、私は「○○さんはいつもお元気そうですね」と返していました。

その方だけでなく、人の顔を見て、「疲れている」とか「顔色が悪い」と言う人がいます。でも、その人がたとえ睡眠時間が少なくてとても疲れていても、その人の目には強い光があるかもしれません。だって、その人は徹夜をするほど一所懸命に打ち込んでいるのですから、目はらんらんと光っているはずです。身体が疲れていても、目が輝いているとか、どこか一つ良いところがきっとあるはずなんです。

そこを見つけて、出会った時にパッと前向きのことを言ってあげることを、私は肝に銘じています。

相手ががっかりするようなこと、意気消沈するようなことを言った後、言った本人も楽しい気持ちにはなれないでしょう。

対人関係は鏡の中の自分を見るようなものです。こちらが明るい光を出せば、ぱっと明るい光が返ってくるし、暗い後ろ向きな光を出すと、それを自分も浴びてしまうと思うのです。

本当に親しい友人で、ずいぶん無理をしている事情もわかっていて、率直に言っていい人に対しては、「ちょっとビタミン剤でも飲んだほうがいいわよ」などと言うことはありますが、それでも表現には気をつけるようにしています。

「やつれているわね」と言われた側が、どんな気持ちになるかを考えたら、少し切ない感じがしませんか。たとえ寝不足の顔をしていたとしても、「目が輝いているわ、流石《さすが》ね、すごい気力ね」と言われたりすると、なんとなく嬉しくなりませんか。疲れているのを自覚しているのは、本人なのですから。でも、そんな時にも前向きのことを言ってもらえると、「よしっ、絶対にしなきゃいけないことだけパッとしてしまって、早く寝よう」などと思うかもしれません。そうしたら、次の日はもう完全に回復しているはずですよね。

そんなふうに、同じ言葉を交わすのだったら、前向きな気分につながっていくような言葉のほうが良いだろうと思います。皆さんもそう思いませんか。

人前で話す時に気をつけていること

私はアナウンサーではありませんが、以前はニュース番組を担当していましたし、人前で話すことも多くあります。

その時に常に考えるのは、どうしたら自分の言いたいことをきちんと伝えることができるかということです。とにかくわかってもらうのに一番良い方法の一つに、比喩を使うことがあります。

このメッセージを伝えたい、わかってほしいと思ったら、ゴロリと横になっている人でも、何かをしながら片手間に聞いている人でも、聞いている人が何も努力をしなくても、その言葉がスーッと頭に入っていく言い方をしないといけないと思うのです。

それは石を積む作業に似ているでしょうか。ここに積んで、ここに積んで、今度はこっちにという方法ではなく、一個、二個、三個と、とにかくトントントンと軽やかに積んでいくような話し方です。

文章は短く、単文で完結させ、その中に事実を一つだけ入れる。一つの文章の中に、伝えたいことを一つだけ入れるということだと思うのです。


つまり、何がどうしてどうなって、その結果、こうなりました、というのではなく、何がどうなりました。これがこうなりました。そして、ここに到達しました、という言い方ですね。

同じことを言っているのですけれど、文章を短く区切って伝えることによって、人の頭の中にストンストンストンと入っていってくれることを、テレビの仕事を通じて、体得したような気がします。

この頃、私は国際情勢が極めて深刻であることを90分、120分という時間をいただいて講演をすることがあります。でも、その相手が専門家10人なのか、一般の方で、お年寄りも中学生も含まれているのか、また、聴いてくださる方々が100人なのか1000人なのかによっても、話し方は変わってくるのです。

たとえば、階段教室の一番後ろで怠けながら聞いている学生にもわかってもらいたいと思えば、本当にゆっくりと、文章を短く切って、できるだけ自然な話し言葉で伝えていくという、簡単な積み重ねをしていくしかないのです。

さらに、国際情勢などを伝える場合は、今、起こった事実だけではなく、その大前提となる背景部分も、きちんと説明するよう、心掛けています。たとえば、数日前に報道されたことだから、みんなが知っているだろうという前提で、説明なしに語るのは、とても危険なことだと思うからです。

テレビも含め、人前で話しますと、「今日はわかりやすかった」「今日はわかりにくかった」というような反応があるんですね。講演のあとに「難しい国際情勢がとてもよくわかりました」と言ってくださる方がいらっしゃると、「あぁ、工夫してみてよかったな」と思います。

講演に限らず、相手が、自分が伝えようとしていることを理解しているかどうかを、常に考え、工夫していきたいと思います。

また、会話をする時、自分ならどういう人の話を聞きたいか、を考えてみると、どんな話をしたら良いのか、悪いのかがよくわかります。たとえば、自分のことばかり声高に主張をする人の話は聞きたくありませんよね。相手にメッセージを伝えようとしたら、それだけは避けなければいけないということです。

たとえ一方的にこちらが話すような場面であっても、必要があれば、どこかに「あなたの言葉も聞かせてね。あなたの発言も待っているわよ」というような「間」のようなもの、相手がそこに自分の発言をポンと入れたいと思った時に、入れることができるような「隙間」を残しながら話すことも大事だと思います。

誰かが何かを言おうとした、その頭越しに、発言するようなことはなるべくしないようにしています。テレビなどの討論で、論敵を論破しようという時は、機先を制してパッと発言しますが、普段はそうしないように気をつけています。

意味のない発言をしないことも大切です。

意味のない発言は、意外に多く、私たちの生活の中にあります。話の途中でちゃちゃを入れたり、相手が言っていることに賛成できない時に、「いや、それは」と口を挟んだりしませんか。

でも、そうせずに、その時は必要最小限度の発言にとどめておいて、しかし、言う時にはきちんと自分の論旨を言うことが大切だと思います。

自分の言いたいことだけは、きちんと簡潔に言い終える。そして、相手の言うこともきちんと聞く。つまり、相手が話をしている時に、その人を妨げることはしない。きちんと相手にも言いたいことは言わせて、自分の主張もきちんと言い抜くことが大事です。

「品格」ブームに感じる日本の危機

07年は「品格」という言葉が流行語になりましたね。

この「品格」という言葉が流行しているということは、今の日本人に品格がないことの現れだと思います。欠如しているからこそ、こういった言葉が出てきた時に、皆それに飛びついてしまう、それは実はとても悲しい実態があるということです。

日本の歴史を見ても、今の日本ほど、品格のない国家であり、社会であり、人間であるという時代はなかったのではないでしょうか。

そして今、日本人の判断能力が劇的に欠けていると思うのです。

たとえば、2007年に船場吉兆《せんばきっちょう》の偽装問題が次々に明らかになりました。同じ頃、横浜の崎陽軒《きようけん》のシュウマイの原材料表示が、本来表示すべき重量順となっていなかったことが発覚しましたね。

どう思いましたか。

崎陽軒に関していえば、順番が間違っていただけです。それ自体は違反かもしれかったというのではありませんが、偽の表示をしていたわけではなく、中に入っていた材料を多い順に書かなかったということです。しかし、一時は船場吉兆と同じ水準でたたかれてしまいました。もちろん、シュウマイに入っていたのが、豚肉ではなく、何か別の変な肉を入れていたのなら、問題ですが。

でも、報道番組の中で感想を求められた消費者は、両社がどのように違うのかということを考慮せずに、「失望した」「びっくりした」「信じられない」と言ってしまうのです。一つの事実に対して、きちんと判断をし、見分ける能力を持っていないといけないのではないかと、そう思います。

報道のあり方にも、もちろん、問題があります。一つ偽装が起これば、「これも偽装、あれも偽装」と打ち上げてしまう、メディアの責任はとても大きいのです。

メディアが国民、読者、視聴者への情報の提供者となっています。特に、大きい影響を与えているのはテレビ、新聞です。雑誌もメディアの一つではありますが、テレビや新聞に比べると、それほどの訴求力はありません。ですからテレビや新聞の報道に関わる記者の方々には、その責任を自覚してほしいと思います。

雑誌の影響力は大きくない、と先ほど言いましたが、その反面、実は今日本で頑張っているのは雑誌だと思います。様々なテーマに果敢に取り組んでいます。ですから、きちんとした月刊誌や週刊誌を読めば、相当な知識が身につき、判断力も養われていくと思います。でも、日本人が活字から離れていきつつあることの結果、雑誌が伝える多くのこともなかなか届いていかないのが現実です。

活字離れをしてしまうと、自分で考えることが少なくなり、テレビなどの巨大メディアの影響を受け、流されてしまいがちです。その結果、いろいろなことが起きてしまいます。たとえば、自分たちの代表をどういう基準で選ぶのか。07年の年金選挙、その前の郵政選挙を振り返ってみましょう。何が本当の問題なのか、よくよく考えることなく、怒涛のような波に巻き込まれて、選挙が行なわれました。自分で考えるというよりは、影響を受けてしまっているんですね。そのことによって自分の生活をしっかり守り得ているかというと、一般論としてですが、そうはなっていないのです。

いろいろ考えると、悲しくなってしまうような現実が目立ってしまい、本当に危機感を感じざるを得ません。

こんなふうに心配する一方で、たくさんの希望も持っています。若い世代には、しっかりしている人も多く、彼らは頑張っているし、自信も持っています。一律に皆が駄目なわけではありません。

そしてたとえ、今駄目なように見える若者たちだって、「日本の歴史の中にはこんな素晴らしいことがあったのよ」と教えてあげると、「ああ、そうか」と心に感じて、「ならば、そういう社会をもう一回作ってみようじゃないか」と奮い立つ人たちがいるんですね。

そういう若い人たちがもっともっと増えてほしい、そのためには、私たち大人がしっかりと日本の歴史を語り伝えていかなければならないと思っています。

「責任」をおざなりにした戦後憲法

私たちの先人の暮らし方や、それを支えた価値観や倫理観を教え、かつての日本はこんなに素晴らしい国だった、そして今もその基盤は残っているのだ、ということを語りついでいかない戦後社会のあり方はいけないと思います。

先ほど述べたように言葉には意味と重みがあります。その言葉をどのくらいの頻度で使うかによって、そこに込めた気持ちや思いの強さがわかります。その意味で、日本国憲法の第三章を見ると、権利と自由ばかりが強調されています。

憲法は天皇に関することから始まり、憲法改正条項までありますが、第三章の「国民の権利及び義務」が一番大きい章になっています。その章に、憲法を作った人が最も強い思いを込めたことがわかります。

第三章には、「あなたにはこういう権利があります。だからそれを行使しなさい。あなたにはこういう自由があります。だからそれを行使しなさい、要求しなさい。あなたは個人です。権利と自由を持った個人なのです」というようなことが集中的に書かれているのです。

権利の裏には責任があり、自由の裏には義務がある。それを果たしなさいということはすっぽり抜けているんですね。

また、あなたは個人だけれども、親から生まれてきて、育ててもらったのです。

だから家族を大事にしなければなりません。自分の主張を通すとともに、周りのことも考えなさいという価値観も抜けてしまっています。

どのような価値観を重視しているかということの判断基準の一つは、その価値観を持った言葉を、どれくらい頻繁に使っているかです。憲法第三章に出てくる言葉を数えてみたら、権利が16回、自由が9回、義務が3回、責任が3回でした。

ということは、一番強調されているのは権利と自由で、義務と責任はほとんど無視、軽視されているのです。戦後の日本人は、個人、個人、個人。家族の一員でも社会の一員でもなく、すべて個人重視なのです。その偏った在り方を正していく必要があると私は思っています。

言葉に想いを込める

憲法は国の根幹です。その憲法に基づいて法律ができ、法律に基づいて条例ができ、いろいろなことが決まっていくわけです。樹木でたとえれば、憲法は根っこですね。根っこが曲がっていたら木も曲がってしまうのです。

その木を、根の部分も含めて作っていくのが言葉なのです。

言葉をそこに入れるということは、思い、価値観を入れるということです。「このような国家作りをしたい」という思いがあって、それが言葉に置き換えられ、根が張り、枝や葉が生えてくるのです。

言葉は、ただ単に何文字かがそこに並んでいるのではなく、その中に込められた価値観を訴えているのです。

政治が言葉であると言われる所以はそこにあります。うまい具合に言葉でごまかしなさいという意味ではありません。言葉を以って政治を行なうというのは、信念を言葉に託して人々を説得し、世の中を動かしていくということです。そういった意味で、言葉は価値観そのものであり、信義そのものです。

言霊《ことだま》信仰といって、日本人は言葉の中に霊があると考えます。ある思いを込めて、言葉を発する。すると、それが実現するようになる、または、実現してほしいと願って、言葉を発してきた。言葉に対する日本人の深い想いを示しているのが言霊信仰です。しかし、今若い人たちの会話を聞いていると、言葉が記号化されてしまい、言霊を信じてきた伝統が消え去りつつあるような気がします。

言葉は生き物ですから、変化するのも自然かもしれません。けれど、無意味な言葉の連発で、会話をしたような気になったり、言葉を粗雑に扱ったりするのでなく、丁寧に吟味するような想いで、言語に接していきたいものだと思いますね。

第六章　仕事と夢

仕事ができる人は人間関係を大切にする人

よく「仕事ができる人」という言い方をします。「仕事ができる人」ってどんな人たちなのでしょうか。いろいろな要素があると思いますが、重要な要素の一つが、周囲の人々との人間関係をうまく保っていけることなのではないかと思っています。

どんな業種であっても、どんな職種であっても、仕事は社会の人間関係の中で成り立っています。であるなら、良い人間関係を築いていったほうが、仕事はやりやすくなると思いませんか？

とはいえ、相手も自分も人間ですから、体調が悪かったり、気持ちが優れなかったりということもあるでしょう。立場によっては、競争しあったり、もしくは相手を出し抜いたりという熾烈《しれつ》な競争も起きてきます。

人間関係は自分と鏡との関係に似ています。自分自身の照り返しが、自分をとり巻く人間関係なのです。であれば、負のエネルギーを使えば、負のエネルギーが自分に返ってくるということです。だからこそ、エネルギーは前向きに使いたいものです。

人間関係を上手に維持していくというのは、「嫌われないように、ぶつからないようにする」「人に媚びる」ということとは違います。ただ優しく、主張をせず、本音も言わずにいたら、何も発展しません。

必要なのは、発展につながるような、前向きな人間関係です。職場でもどこでも自分の一生を通じて築いていく人間関係は、できるだけ前向きに引っ張っていきたいものです。そうすることで大きな力を発揮できます。

子供と親の関係でよく言われる言葉に、「子は親の鏡」というのがあります。親がイライラしていれば、子供もイライラするし、親が気分良くしていれば、子供も充足してニコニコしているということです。つまり、親の気持ちが、ストレートに子供に映し出されるのですね。

他人との人間関係も基本的に同じです。ですから、友人や同僚とうまくいかなくなった時、相手を責めるよりも、まず自分の行動を振り返ってみるのが賢いやり方だと思います。まず、自分自身をよく見つめることで、解決できることは意外に多いと思います。

私自身、人間関係が複雑になってしまった時、自身を振り返ることによって、乗り切ったことが少なからずあります。

夢の確認をしよう

フリーの記者になった頃の私は、お金の使い方にははっきりとした優先順位をつけていました。一文無しだったわけではありませんが、余裕がなかったために、あれもこれもというわけにはいかなかったのです。取材の時にどこにでもいけるだけのお金や、本を買うお金、レコードを買うお金などはある程度とりわけていました。一方で、着るものや食べるものはとことん節約していました。

持っている洋服の点数は本当に少なかったのですが、それでも新調する時には質が良く、気に入ったものを思い切って買いました。おかげで、何十回着ても、飽きることはありませんでした。

食べ物に関しては基本的なニーズさえ満たされていれば、大丈夫でした。私は自立した女性であり、署名入りの記事を書く記者なのだという誇りが、衣食住のつましさを補って余りあったのです。物質面で満たされていなくても、好きな職業で身を立てていける幸せで充分でした。

そんな時、安定収入という甘い誘いが舞い込んできました。英語から日本語へ、日本語から英語への翻訳業でした。特に、日本語から英語への翻訳は高い収入になることがわかり、英訳を始めたのです。

週に一日か二日の翻訳業のつもりが、気づくと一日中、ヘタをしたら一週間、ずっと没頭していることもありました。大きな仕事を引き受けた結果、貯金通帳には当時の私にとって、大金が貯まっていました。その額を見た時、嬉しい気持ちよりも、驚きと不安のほうが大きかったのです。

なぜなら、何週間もの間、ほとんど記者活動をしていなかったことを思い出してしまったからです。

そこで考えました。私はいったい何になりたいのか、と。

もちろんお金を稼ぐことは大事です。暮らして、仕事を続けていくためにも、それを軽視してはなりません。でも、収入は手段であって、銀行に預金をすることが目的ではないのです。

また、翻訳は立派で有意義な仕事ではありますが、私の希望ではありません。私はずっと記者になりたいと思ってきたのに、肝心の記者活動を置き去りにしてしまっては本末転倒です。

そのことに気づき、私は翻訳の仕事を基本的にやめることにしました。

貯金通帳の額を見ると同時に、「記者になりたい」「ペン一本で生きていきたい」という夢の確認をしたおかげで、今の私があるのだと思います。ですから皆さんにも、「あるべき私」「実現したい目標」を確認することを忘れないでほしいと思っています。

思いを言葉にした「論陣を張る」宣言

いろいろな方にお会いする時、直接、話をした時の私のイメージと、書いた原稿から受ける私のイメージが違う、と言われます。会った時に感じる私のイメージは、文章から受け取る感じよりもずっと優しいというのです。

話し方に気をつけているということもあるでしょうが、そもそも、書くという行為は私にとって、戦いなのです。真剣勝負なのです。

不遜な言い方かもしれませんが、この社会を本当に良い方向に変えたいと思い、闘志を燃やして書いているのです。自分の楽しみのためだけに書いているのでは決してありません。

それは本当に、何と表現していいのかわかりませんが、外交のようなものなのです。国のための武力なき戦いが外交ですよね。ありとあらゆる問題を、武力を使わずに国益を守りながら解決していきたいと思う、そのための戦いが外交そのものです。私にとっての言論活動も同じようなものなのです。

たとえば、国内問題でいえば、高齢化が進む日本の社会で、お年寄りがもっときちんと暮らせるようにするには、税制をどうしたら良いか、制度をどう組み立てていけばよいかを考えています。子供がもっときちんとした教育を受けられるようにするには、どうしたらよいか。海外との関係においては、日本の国益がもっと守られるようにするには、どんな外交を展開するのかなどと、それなりの想いをもって書いています。

そのような想いを実現していくのに、問題があればそれを取り除いていく。それを妨げる障害や悪い慣習を変えていく。そのための言論活動であり、それは私にとって、まさに武力なき戦いなのです。常に真剣勝負。戦いの場ですから、当然、柔らかい言葉遣いにはなりませんし、優しいイメージも振りまきません。

ジャーナリズムの仕事を始めた当初の文章でも、拙《つたな》いながら、そのような意思や傾向が見られますね。先に、自分の書いた文章はあまり読み返さないと言いましたが、自分が出演したテレビ番組も、ビデオで見るなどということは、ほとんどしません。たくさんのVTRがありますが、本当に見返すことはありません。

でも、ある時、どうしても、ニュース番組を辞めた時の記者会見で、私は何を言ったかを確認したくなって、9年ぐらい経った時に見てみたのです。すると、「私はこれから言論人として、論陣を張っていきたい」というようなことを、一所懸命言っていました。

そうか、そういう想いが私の背中を押したのだなと、その時、改めて感じました。それにしても、論陣を張る——陣を張るなんて、戦いそのものですね。

私のジャーナリズムでの仕事は英文で始まりました。10年間ほど、英文で記事を書きました。でも「英語で書いている限り、日本人は読んでくれない。海外の人が読んでくれても日本の人が読んでくれなければつまらない」と思い始めたのです。どのようにして日本の人々に働きかけることができるのだろうと模索していた時期がありました。そんな時に「日本のバーバラ・ウォルターズ（アメリカの人気キャスター）になりませんか」と誘われて、ニュースキャスターのお話をいただいたのです。新しい挑戦だと思ってそれを受けました。

受けて、キャスターになるのなら、私は「この分野のトップになる。日本一のキャスターになって、世の中を良い方向に動かし、さらに日本の情報を世界に発信できるようになりたい」と思ったのです。

そもそも、自分の言葉ながら「日本一のキャスター」という定義は何でしょうか。テレビ局側からすれば、まず視聴率がありますよね。それから、問題提起をして、社会にその問題を知ってもらい、解決策を生み出していく、その力を築くことも、キャスターとしての重要な要素です。

16年間キャスターを続け、おかげさまで高い視聴率もとりました。薬害エイズや阪神淡路大震災の報道では、世の中に少しはお役に立ったとも感じました。その頃です。「もう一歩前に進みたい」と思ったのです。その時私は、丁度50歳になっていました。

そのままテレビの世界にいたら、意外に楽しい生活ができていたかもしれません。当時、『きょうの出来事』は絶頂期にありましたから。週に三回ぐらいは、一時間前の10時に始まる久米宏さんの『ニュースステーション』の視聴率を、一時間後に始まる『きょうの出来事』が抜いていたのです。

プロデューサーも本当によくわかり合える素晴らしい方でした。スタッフもとてもよく連携し合っていて、すべてが順調でした。


ですから、「辞めたい」と言った時は、本当にみんながびっくりしていました。

でも私には、それまでいろいろなことを取材してきて、社会現象であっても、政治現象であっても、経済現象であっても、日本についてのある種の危機感を感じていました。

国民一人一人がどんなにまじめに誠実に仕事をしても、国民の総体としての日本国の力が衰えていくとしたら、あまり意味がありません。私は日本の底力を支えるために、この国の改革に、言論活動を通じて貢献したいと思ったのです。

それには、もっともっと踏み込んでいきたい。そう考えました。その想いが「論陣を張る」という表現になったと思います。

10年単位の目標を持つ

目標を立てる時に、1、2年先ではなくて、「10年後には必ずこれをやり遂げていたい」というように、10年単位で考えるようにしています。

今、私には新たな10年が始まろうとしています。

ニュース番組を辞めてからも、まったくテレビに出演しなかったわけではないのですが、10年間は執筆に主力を置きました。文字の世界で論陣を張って10年が過ぎました。そして次の10年が始まりました。

この10年間、自分でも膨大な量の本を読んだと思っています。歴史から始まり、日米関係、日中関係、日ロ関係、戦略論、政治論……頭の中に次々に詰め込んでいったという感じです。

でもそうしてきたことで、今までは一つ一つの事柄が、バラバラのモザイクの一個一個の模様でしたが、それらがだんだんと自分の中でつながってきたという実感があります。

どういうことか。今までは、ただ日中関係だけ、日韓関係だけ、日朝関係、日米関係だけと個別のテーマについて書いてきました。

でも、このように10年、11年と取材し書き続けてみると、今まで書いてきたことがつながり、ふわっと一つの絵になったような感覚があるのです。

「あ、世界はこういうふうに動いていたんだ」という国際政治や歴史的な全体像がはっきり見えてきた気がしています。

それで、ようやく私は一人の言論人として、この全体像を踏まえて問題提起ができる地平に立ったという気がしているんです。今までは、「共産主義のことなら聞いてください」「薬害のことなら聞いてください。答えます」と言えた。でも、「じゃあ、世界全体はどうなの？」と聞かれると、なかなか全体像をきちんと論じることはできなかったのですが、今は不十分ながらも、それができるように思います。であるならば、日本のため、日本人の将来のために、この国のありようを問題提起していこうと考えたのです。そして、世界に向けて、日本国を代表するような気持ちで、日本のために発言していこうじゃないかというのが、今の私の想いです。

そして、今の私ならできると思い、前々からこういうものが必要だと思ってきたシンクタンクを立ち上げました。

これをあと10年、20年かけて、本当にしっかりした良いものに育て上げていきたいと思っています。それを、これからの時代を担う日本の若者に置いていきたい。

彼らにそれをうまく活用してほしいというのが今の私の願いです。

「悩む」のは無駄だと気付いた

人間には皆、悩みがあります。あるのが当然です。でも、前向きになれば、多くの悩みは解消されていきます。

個人も社会も同様です。私たちの社会が直面しているたくさんの問題について考えたり、議論したりしていると、諦めないこと、挑み続けることの大切さがわかってきます。

前向きであり続けるには、たくさんのエネルギーが、そして時間が必要です。一日24時間以上の時間がほしいとも思います。そんな時、1＋1が2になるような働き方では効率が悪いので、1＋1が4や5になるような働き方をするよう工夫します。その第一歩は後ろ向きに悩むことをやめることです。

若い頃は、恋にも仕事にも悩んだりして後ろ向きな時間をたくさん費やしたこともありました。つまらないことでくよくよ悩んだりしたこともありました。でも、悩んでいるよりは行動を起こすほうが、断然、問題解決につながります。

悩みにはすごく自己陶酔的な要素があるんですね。自分に悩む状況を許してしまうと、いつまでもその悩みを楽しんでしまったり、その中で甘えてしまったりすることが、人間にはあると思います。

涙を流す人がいますね。政治家にもいます。涙には、自己陶酔の味があります。涙を流しながら泣いてみると、何となく自己満足に陥ってしまいます。泣いた後は意外にサッパリしたりもしますね。このような、涙のもつ一つの側面を知っておくことも大事です。

泣いてはいけないと言っているのではありません。泣く時には充分に泣いて、泣き終わったらさっと立ち直ってほしい、いつまでもその中で自己陶酔していないで、立ち上がって歩んでほしいと願っています。

悩むこともそうです。本当に悩むべきこと、考えるべきこともあるのですが、そうではなく、自分を甘やかすために悩んでいることも、若い時代には往々にしてあるのです。でも、そうしていてもあまり生産的ではありませんから、さっと自分を律する方向に舵を切るのが、大事だと思いますね。

ちょっとお酒を飲みに行って、気分を晴らしたいこともあると思います。でも、飲みながら、ぐだぐだ言うのでは、結局、自分の傷を自分でなめて喜んでいるようなものではありませんか。それを一晩中やって、何となくそのまま終わってしまうパターンが多くはないですか。そうした時間があるならば、他のことをしたら良いと思います。

そうは言いながらも、若い時というのは知識も不十分で、頭と心のバランスも充分には取れていない時代です。自分を振り返ってみますと、恥ずかしいくらいものを知らなかったと思いますし、世間の常識もあるつもりでしたが不十分だったと思います。にもかかわらず、それなりにとても一所懸命で愛おしい時代ですよね。

私が若い頃、母にこんなことを言われました。

「よしこちゃん、一日はどの人もみんな同じ24時間なのよ。そして人は誰も皆、だいたい同じぐらいのエネルギーしか持っていないのよ。だから、できるだけそれを全部、前向きに使うようにしたほうがいいわね」と。

若い頃は、「あの人があんなにすごい記事を書けるのなら、私も書いてみせる」などと、ライバル意識に燃えたこともありました。そういうライバル意識は、自分をぐいぐいと引っ張っていく前向きの力につながりますが、その時に相手を妬んだり、憎んだりすることは、とてもつまらないことです。

たとえば、同じ一時間を過ごすのなら、妬んで無駄に過ごすより、自分なりのリサーチをしてみるとか、取材に出掛けてみるとか、踏み出すことによって、自分を磨く建設的な時間に転換することができます。

24時間が仕事につながっている

幼い頃から母に言われ続けてきたという影響もありますが、私は物事をくよくよ考えず、前を見て進むようにしています。

それでも、落ち込んだり、落胆したりすることもあるんですね。実は今日も落胆していたんです。舛添厚生労働大臣はいろいろな理屈をおっしゃっていたけれども、薬害肝炎訴訟に関して、政府が事実上、一律、全員の患者の救済をしないと決めました。

この薬害肝炎の被害者は、早い人で60年代、それから70年代、80年代にかけてお産をした女性たちが圧倒的に多いのです。お産をする時の出血への止血剤として、非加熱のフィブリノゲン製剤が使われました。

肝炎は、10年、20年では症状も出ないのですが、徐々に徐々に進んでいって、20年を過ぎた頃から身体がだるくなり始めたりして、初めて症状が出てきます。早期の手当てが一番大切なのですが、気がついた時にはもうかなり病気が進んでいることが多いのが現状です。

日本の医療では、継続して処方されたフィブリノゲン製剤は、アメリカでは1977年の段階で効力がないということで承認が取り消されています。でも日本では、ずっと使われ続け1988年6月に初めて、当時の厚生省から「これは危険だから、少し控えなさい」という安全性情報が出されたのです。

アメリカでの承認取り消しから、10年以上も、日本で使い続けていたわけです。当然、これは医療行政と病院の責任ですね。ところが、政府は、「ある一定の時期の、日本政府が本当に『この薬剤は効力がない』ということを認識した時点以降の責任でないと認めない」というような立場をとり、実際、東京地方裁判所は、国の立場に沿うような判決を出したのです。それで、ある一定の時期に投与された患者さんのみ、薬害被害者として認め、救済しますと、舛添さんは発表したわけです。

肝炎患者は日本に約350万人いると言われています。政府は、350万人全員に補償するとしたら2兆円かかるとか、10兆円かかると言っているのです。一方患者さんたちは「薬害であるということが証明できる人だけの補償を頼みたい」と言っているのです。それは、病院などの推測によると一万人ほどだそうです。

弁護団は、長年、この薬害肝炎の裁判をしようと進めてきたのですが、カルテの保存期間は5年です。60年代~80年代のものはほとんど残っていません。ですから、証明ができない被害者が多いのです。

現在、実際に原告になっている人は200人足らずですが、さらに調べを進めても、薬害であるということを証明できる人は、せいぜい1000人ぐらいだろうと言われています。原告患者側は、その1000人に対しては、きちんと補償してほしいと主張しているのであり、金額を野放図に積みあげてほしいといっているわけではないのです。つまり、とても抑制された要求なのです。にも関わらず、福田康夫首相は、裁判所に返答しなくてはならないデッドラインに対して、「全員一律救済はしない。司法の判断を踏み越えることはしない」として線引きをしたわけです。

私はこういうことに対して、とても落胆します。なぜ、患者たちの抑制された、まっとうな声に耳を傾けられないのか、と。

たとえば、道路のお金などは、毎年毎年、道路特定財源だけでも5兆円規模の金額を使っています。それに較べると、薬害患者を助けるのに必要なお金はわずかです。それほど大きい金額ではないのです。なぜ、それを拠出できないのかと思うんですよね。この国の、というより、福田内閣の決定の下し方は本当におかしい。とても落胆してしまいます。

（注　その後、福田内閣は政府の非を認め、患者に謝罪し、補償もすることになりました。全員一律救済も実現されることになりました。）

こうした話を知り合いにしたら、「とても社会的な出来事で落胆されるんですね。プライベートで落ち込んだりはしないのですか」と聞かれました。

もちろんあります。「あの記事はこう書けばもっと良かった」とか「もっと深く突っ込んで取材すべきだった」など、考え出したらきりがありません。

そこでまた指摘されて気がついたのですが、私の生活の大半が仕事につながっているようです。どんな時でも、社会が、自分が、より良い方向に進むように、心の準備をし、その方向を向いていきたいと思うのです。

自分を磨くことが突破口になる

好奇心をもって一つのことを続けることによって、その人は類《たぐい》まれなる、他の人と比べることができないくらいの〝達人〟、〝匠《たくみ》〟になると思います。〝匠〟や〝達人〟になるためには、楽しんで仕事をしましょう。不平不満でやるのでは、本当の一流にはなれないと思います。

それは職場でも同じです。今、「私は、こんな職場にいるはずじゃないのに。もっと良い上場企業の会社にいるはずなのに」と思っている人がいるかもしれません。そういう時は、自分が今いる場所で、輝いているかどうかを、まず点検しましょう。「自分はこんなつまらないところにいる」と考えているのですから、輝いていない場合が多いと思うのです。

次に、どうして輝いていないのかを考えてほしいと思います。会社のせいなのか、自分のせいなのか。会社のせいもあるでしょうし、自分のせいもあるでしょう。では、どちらが原因でどちらが結果なのか。それはわかりませんが、自分の力で取り除けるのは、自分の側にある原因です。そこで、それをきちんと見つめて、その部分をどんどんそぎ落として輝いてみせてほしいのです。すると会社はあなたを見直すでしょうし、次のチャンスが巡ってくるはずです。

良いことも悪いことも、すべて基本的に自分から始まっていると自覚すれば、あまり恐いものはなくなります。なぜってすべての基本は自分が築くことができ、その上に自分の人生を紡げば良いのですから。自分がしっかりしようと決意することで、たくさんの可能性を引き寄せることができます。

人生にはまた、運やご縁もありますが、それは人知を超えたところにあります。

であるならば、自分のところに良い運が回ってくるように、良いご縁が生まれて来るように、そのためにも、そういったものを呼び込む魅力を自分につけていくことが大事だと思うんですね。

たとえば、ある会社で人材を選ぶとします。誰が良いかなと、観察しているとします。その時に、不満タラタラで仕事をしている人を選ぶか、どんなに小さい仕事でも、文句を言わず、パッパッと処理しているような人を選ぶか。もちろん後者ですよね。自分を磨くこと、努力することは、すべての面においての突破口になるのです。「運も実力のうち」と言いますが、それは、運や縁を呼ぶための努力のことを言っているのではないかと思います。

想いの強さが運を呼び寄せる

「運」といえば、永田町では「小泉さんは運がよかった」「安倍さんは運が悪かった」というふうに比較されることがありますね。

では、小泉さんと安倍さんの違いは何か。以下のことを言うのは、安倍さんには非常に気の毒ですが、やはり、安倍さんは自分自身の政治をしなかったと思うのです。安倍さんの目指したことは、「美しい国、日本」です。そして彼は、「戦後体制からの脱却」と言いました。その本質は、戦後の日本が失ったものを取り戻し、憲法改正や歴史問題での主張を展開するということでした。

小泉さんが行なった改革は、「日本的なものをもっとそぎ落としていく」ということでした。たとえば、郵政改革です。郵政に関しては、非常に多くの問題があるけれども、郵便局は地元地域に溶け込んで、日本的な人間関係の中で貢献してきたという側面もあります。郵政改革は、そういう良い面を残しながら、いかに合理的に郵政事業を展開していくかが問われているのです。でも小泉さんはそうしたものを全部ぶっ壊そうとしたわけです。

金融制度のあり方もです。日本の金融機関というのは、信用金庫ならば、地元の零細企業のお父さんに「500万円貸しましょう。二年で返してください」と言いつつ、「返せない時は、三年で返してください」とも言って、お金と共に時間も貸したんですね。時間を貸すことによって企業は持ちこたえ、成長することができるという考え方ですし、実際に企業も成長しました。

でも、小泉さんの金融制度改革によれば、「二年で返すといったのだから、二年で返せなければ不良債権だ。不良債権ならば、貸しはがししなさい」と言ってどんどんはがしてしまい、零細だけれども非常に優秀な多くの企業をつぶしてしまったわけです。

金融機関が長い伝統を無視して、数字だけに頼るようになって、日本的な価値を伴ったお金の貸し借りというのがまったくできなくなってしまったのです。それは、小泉さんが竹中平蔵さんに頼り、アメリカの手法を導入したからです。でも、安倍さんは「美しい国」「伝統」ということを言った。それは本来、「小泉流は間違いだ」と言っているに等しいのです。

安倍さんは、言葉ではそう言っていても、行動が伴いませんでした。顔を向けている方向と、体が向かっている方向が全然違っていたんですね。ですから、周りの人は安倍さんのやっていることが理解できなくなったのです。

外交についてもそうです。「日本の主張を貫きましょう。靖国神社には参拝しましょう」と言っていたのが、靖国神社の件は曖昧にする。慰安婦問題でも「河野洋平さんの談話は間違っている。日本政府も軍も強制していない」と以前は言いながら、首相に就任すると河野談話を引き継ぎ、村山談話を引き継ぎました。ここでも言っていることとしていることが違っているんですよね。

私はここで、どちらが良いか悪いかということを言おうとしているのではありません。小泉さんと安倍さんは、なぜ、「運が良い」と「運が悪い」という事例になったのかということを問いたいのです。

小泉さんは、たとえ間違っていても、それが自分の信念だと思ったら、それに向かってがむしゃらに突き進んで行き、その結果、自分で運を切り開いたのです。最初は海のものとも山のものともわからないと思われ、田中眞紀子さんのおかげで支持率を上げたのでしたが、その後、彼は自身で尋常ならざる支持率を維持しました。

一方、安倍さんは最初から7割の支持率でスタートしました。そんな人がたった一年でつぶれてしまったのは、運が悪かったせいではなくて、彼自身が自分の運を切り拓けなかったからだと思います。

安倍さんは、自分自身の信念に向かって、突進して行くことをしなかった。ご本人がご本人ではないような政治をしていては、運が切り拓かれるはずもありません。小泉さんは勘も良かったのかもしれませんが、何より、自分自身の考えを頑として曲げませんでした。あの、自己主張の強靭《きょうじん》さというのは、見事だと思います。自分自身で運を切り拓く、縁を呼び込む、心の強さのようなものを、いつでも持っていたいと、小泉さんを見ていると思いますね。

今の自分を受けいれて前に進もう

輝く若さの時代は、自分の位置をきちんと知って、目標を定めて山を登っていく時期だと思います。登っている途中で、「この道は石ころが多くてつまらない。藪が多くて、歩きにくい。私には合わない」と思うことがあるかもしれません。でも、そう思うこと自体があなたの夢を壊すことなんだと、実感してほしいと私は思っています。

たとえば、生まれて、自分の家族はそんなにお金持ちでもなく、むしろ貧乏に近い。家も大きくない。お父さんもお母さんもごく普通の人で、大学の教授でもなければピアニストでもない。だからつまらない――などと考えることは、どう見ても何も生み出しません。家族というのは、こんなことでできあがっていくものではないのです。あるがままを全部受け止めて、時間を共有するという他人にはできない分かち合いを重ね、愛情や信頼を育んでいくのが家族です。

自分のことを本当によく知ってくれている、素晴らしい人たちと時間を共有し、家族として支えあうことで、ものやお金では計ることのできない大事なものが心の中に蓄積されていくのです。人間としての温かさだったり、絆の大切さだったり、愛おしさだったりが、しっかりと互いを結びつけてくれます。

家族間の絆がいろいろな問題を乗り越えて築かれていくように、人生も物事の結果はスッキリした一本道の先に見出されるものではありません。社会人としてきちんとした結果を残すことも同様です。初めからスムーズな歩きやすい道や〝自分の能力を生かしてくれる〟職場があることなんて、あり得ないと考えたほうが良いかもしれません。ですから歩きにくいでこぼこ道や、滑りやすくて状況が悪いところに来たからといって諦めてしまうのは、家族を諦めるのと同じくらい、もったいないことだと思うのです。

若い人で、「この仕事、私に合わない」と言う人がいますね。そういう時、「あなたはいくつですか。50歳や60歳ならわかりますが、まだ20才でしょ、まだ25才でしょう」と言いたくなります。

20代そこそこで自分に何が合っているかが、わかるとは思えません。無理だと思います。自分に絶対に合わないと思っていたような仕事が、意外に好きになったりすることは身近にいくらでもあるのですから。

私自身がそうでした。

私は大学生の頃、モイリリコミュニティセンターというところで、日本語教師のアルバイトをしていました。そこには小学生から中学生、高校生、社会人クラスがあり、私は日本語や日本の歴史などを教えていました。ここではとても楽しく教えることができ、生徒との思い出が今でも心をあたためてくれます。ですから、私は、教えることが性にあっているのだと思い、大学を卒業したら、教師になるつもりでした。

しかし、卒業し、日本に帰ってきたのが6月でしたので、就職活動のタイミングとしては時期はずれでした。さらに当時、外国の大学を卒業したことは、日本では評価してもらえなかったのです。

そんな時、『クリスチャン・サイエンス・モニター』というアメリカの新聞社が東京支局の助手を探しているから、という誘いを受けたのです。その支局長である女性特派員のエリザベス・ボンドさんにお会いして、一時間あまりもお話をした後、「私の助手になって、新聞社の支局で働かない？」と誘っていただきました。彼女が言うには、「私たち二人はきっと素晴らしいチームメイトになれる」とのことでした。

しかし、私はジャーナリズムには何の関心も抱いたことがなく、この期に及んでもまだ、教員のようなアカデミックな仕事に未練を持っていました。何より、ジャーナリズムはやくざな仕事で、私がやるべき仕事だとは夢にも考えませんでした。今思えば、勝手な話だと思いますが、ポンドさんに誘われても、関心もなく、自分には向かないと考えて、断っていたのです。

でも、ポンドさんの説得にとりあえず、「一カ月だけは試してみよう」と思ったのです。雇う側からすれば、「一カ月だけ働かせて」などというのは迷惑な話でしょうが、ポンドさんは一言、「ファイン」と言ってくださいました。

そして、一カ月が過ぎた時、驚いたことに、「これは意外に面白いかもしれない」と思う自分がいたんですね。しかもその時、「案外、この仕事は自分の天職かもしれない」とまで思い始めていたのです。

今でもまだこの仕事に就いているのですから、多分、ジャーナリズムこそ私の天職だったのでしょう。

でも、どんなことでも全力を尽くしていくのが自分だと、私は考えていますので、たとえば他の職に就いていたとしても、案外「この仕事が天職だった」と思っているかもしれないとも思います。面白いですね。

つまり本当に自分がいったい何に向いていて、何が好きになるかなど、わからないものだということです。ですから、若いうちは、可能性や夢や希望を限定してしまうことなく、多くのことを経験してみることも大切だと思います。

「できない」と思わないこと

私はポンドさんの下で働いたおかげで、いろいろなことを学びました。働くようになってからの最初の仕事はポンドさんのために新聞情報を整理することでした。朝10時までに、朝日、読売、毎日、産経、日経、赤旗の6つの新聞に目を通し、大事な記事をピックアップし、要約するのです。さらに、彼女は日本語がわかりませんから、それを英訳タイプしなくてはなりません。

当時の私は何が大事な記事なのかという判断も満足にできませんでした。それで一面トップの大きな記事を中心にまとめていました。それでも、朝の10時までに要約するというのは、とても難しかったのです。ポンドさんにとっては、この要約を読んで初めて一日の仕事がスタートするのに、私が遅れてしまえば、情報不足になったり、仕事に穴を開けたりしてしまいます。

どうしたら良いかを一所懸命考えて、ある日、ふっと思いました。当時の私は約二時間かけて事務所に通っていたのですが、この長い通勤時間を利用できないかと思ったのです。自宅で新聞をとって、その新聞を早朝の電車の中で読みました。通勤時間を活用して、支局に着く頃には大事な記事の要点を頭の中でまとめていました。そして、ニュースの要約がきちんと10時に間に合った時、彼女は自分のことのように喜んでくれました。

仕事をするのは楽しいことでもありますが、時には大変だったり、自分には不可能だと思ってしまうような出来事にぶつかったりもします。

そんな時でも、「こんなことは無理」「できるはずがない」と決めつけてしまうのではなく、前向きに取り組むことが、絶対に必要です。たとえ、それをこなすだけの能力があったとしても、自分には不可能だ、無理だと思った瞬間に、できなくなってしまいます。だから、自分にはちょっと難しいと思えるようなことでも諦めず、必ずやってみること、チャレンジしてみることが大事だと思うのです。

夢を持つ

日本の長い歴史の中で、人は自分の意志を超えた運命に遭遇しながらも、夢を持つことを忘れませんでした。たとえ個人の力ではどうすることもできなくても、自分たちに与えられた環境の中で、最善の選択を重ねつつ、人生を歩んできたのではないかと思います。

今は理想主義よりも現実主義の時代です。

現実を見据えて、悲観したり、黙って受け入れたりするだけで、必要以上の夢や希望を持たなくなっているように思います。でも、それではあまりにも悲しいと思います。人生があまりにももったいない気がします。もっと輝くために、もっと良い社会を作るために、私たちは理想を掲げ続けるべきです。

そのためには、どんな社会にしたいのか、どんな人間になりたいのかということを、どんな時にも考えることです。状況にかかわらず、日本人の誇りを失わず、大きな夢を実現させる強い意志と覚悟を持ち続けたいと思います。

若い人へ、子供たちへ、私が言いたいことは、大きな夢を描いて、大きな勇気でそれに挑んでほしいということです。いいえ、若い人たちだけではありません。何歳になっても、「こうしたい」「こうでありたい」という夢を、すべての人に持ってほしいと思います。

なぜなら、夢は必ず実現するからです。夢を実現させる力を、私たちは持っているのです。大きな夢を描いてください。小さな夢ではありません。そして、その夢を追いかけ続けていきましょう。

最終章　旧きを知り、新しきを目指す

温故知新の精神

繰り返し述べてきたように、日本は今、多くの問題を抱えています。でも、現代の私たちが、日本の歴史や文化を学び、心をしっかりもって、未来に挑戦していけば、危惧する必要はありません。

歴史をひもとけば、私たちが抱えている現在の問題についても、客観的に見ることができます。たとえば、終身雇用制度が崩れつつありますが、その制度は実は日本の古くからの伝統ではありません。お金の調達の仕方も、今のように銀行が貸すという方法は伝統的ではなく、以前は、会社や起業家が直接、資本市場から資金を調達していました。人間関係のあり方も、核家族化は戦後の高度経済成長期以降のものですし、親が子供に甘くなったのも、日本が豊かになってからのことです。

こうして見てみると、今、私たちが「これが日本の価値観だ」と思っていることのほとんどが、戦後の数十年の現象でしかないことに気づきます。

この数十年よりもさらに前の歴史を知ることで、今の日本と比較ができます。すると、これからの将来をどうしていけば良いのかもわかってきます。歴史の中に教訓があり、答えがあります。

どの時代においても、日本人は、世界のトップ水準の国づくりをしてきました。であれば、その血を受け継ぐ私たちだって、同じことができるはずなのです。

私のこれからの10年

これから取り組む課題として、私は07年12月に国家基本問題研究所というシンクタンクを立ち上げました。ようやく小さい事務所を作ったところですが、これからの10年、もしくは20年をかけて、大きくてしっかりした政策研究所に仕立て上げたいと考えています。

尊敬する、田久保忠衛《たくぼただえ》先生を中心に運営していきますが、私たちの想いは、以下の趣意書に書いたとおりです。

【趣意書】

私たちは現在の日本に言い知れぬ危機感を抱いております。緊張感と不安定の度を増す国際情勢とは裏腹に、戦後体制から脱却しようという志は揺らぎ、国民の関心はもっぱら当面の問題に偏っているように見受けられます。平成19年夏の参議院選挙では、憲法改正等、国の基本的な問題が置き去りにされ、その結果は国家としての重大な欠陥を露呈するものとなりました。日本国憲法に象徴される戦後体制はもはや国際社会の変化に対応できず、ようやく憲法改正問題が日程に上がってきました。しかし、敗戦の後遺症はあまりに深刻で、その克服には、今なお、時間がかかると思われます。「歴史認識」問題は近隣諸国だけでなく、同盟国の米国との間にも存在します。教育は、学力低下や徳育の喪失もさることながら、その根底となるべき国家意識の欠如こそ重大な問題であります。国防を担う自衛隊は「普通の民主主義国」の軍隊と程遠いのが現状です。

「普通の民主主義国」としての条件を欠落させたまま我が国が現在に至っている原因は、政治家が見識を欠き、官僚機構が常に問題解決を先送りする陋習を変えず、その場凌ぎに終始してきたことにあります。加えて国民の意識にも問題があったものと考えられます。

私たちは、連綿と続く日本文明を誇りとし、かつ、広い国際的視野に立って、日本の在り方を再考しようとするものです。同時に、国際情勢の大変化に対応するため、社会の各分野で機能不全に陥りつつある日本を再生していきたいと思います。そこで国家が直面する基本問題を見詰め直そうとの見地から、国家基本問題研究所（国基研・JINF）を設立いたしました。
私たちは、あらゆる点で自由な純民間の研究所として、独立自尊の国家の構築に一役買いたいと念じております。私たちはまた、日本の真のあるべき姿を取り戻し、21世紀の国際社会に大きく貢献したいという気概をもつものであります。

この組織は、今はまだ任意団体です。将来は財団法人にしたいと思っていますが、今財団法人を作ると、どこかのお役所の管轄になってしまうのです。つまり、どこかのお役所が監督官庁になるのですね。08年の12月1日には、新しい法律が施行され、届け出だけで財団法人を作ることができます。その時期まで待つつもりです。理由は、どの役所とも、どの政党ともつるまずに独立して、政策を研究することが大事だと考えるからです。日本国のために、日本国民のために、政策、戦略、戦術を提言していくということをしたいと思っています。

「日本は本当にどうなっていくのだろう」と危機感を持っている人が大変多くいて、この国の将来を楽観している人は少ないんですね。

ですから私は、この国基研にとても期待しています。じっくりと時間をかけて、本当に素晴らしいものにして、国の内外で日本と日本人のための論陣を張る拠点にしたいと思っています。そのうえで、広く国際社会に貢献したいと考えています。

これからもずっと、私は夢を実現するために、前を向いて、勇気を失うことのないよう進んでいきたいと考えています。皆さんも、御自分の目標に向かって、夢と勇気を持って進んでいってほしいと思います。

後書《あとが》き

自宅のささやかな庭に、早朝から小鳥たちが飛んできます。柿や沙羅双樹《さらそうじゅ》の、すっかり葉を落とした裸の枝の先に、林檎《りんご》や蜜柑《みかん》の果実を刺しておくのです。美しい鶯《うぐいす》色の鳥は目白《めじろ》です。鶯は実際には薄いベージュ色の羽を持っています。白と黒の洒落《しゃれ》た色彩の小鳥は四十雀《しじゅうから》です。それよりも二回りほど小さい小雀《こがら》もやってきます。鵯《ひよどり》や雀《すずめ》、鳩や烏《からす》も常連です。

いちばん水浴びが好きなのが四十雀です。白い萩《はぎ》の花を植えていた鉢が、いつの間にか水捌《は》けが悪くなり、小さな水溜まりを作るようになりました。植え替えなければと思っている内に、四十雀がそこで水浴びをするようになったのです。私の書斎の、書き物をする机の目線の先に、その鉢があり、思いがけずも目にした美しい鳥の水浴びの図に、私は、追われている締め切り時間も忘れ、見入ってしまいます。

そして今日のことでした。その小さな水溜まりで、目白が水浴びをしているのです。初めて見ました。細身の体から、光が閃《ひらめ》くように翼が広がり、一瞬の内に閉じられます。幾度かそうして水飛沫《しぶき》を浴び、あっという間に飛び去りました。鳥の行《ぎょう》水《ずい》といいますが、鳥だけでなく、どの鳥たちもきっと同じなのでしょうね。

朝の光りのなかで、さまざまな種類の鳥たちが餌を啄《ついば》む姿を見ながら、人間の世の中も、この小鳥たちのように、皆、仲よく共存したいものだと思います。

最後まで普段のお喋りをするような感覚で、この本を作りました。本文も、この「後書き」のように、漢字を使いたかったのですが、読み易いようにと、編集の富樫生《せい》さんが平仮名にして下さったようです。でも「後書き」だけはルビつきの漢字にして下さったことを嬉しく思います。

二〇〇八年一月二八日

櫻井よしこ

櫻井よしこ（さくらい・よしこ）
1945年ベトナム生まれ。新潟県立長岡高等学校卒業、ハワイ州立大学歴史学部卒業。『クリスチャン・サイエンス・モニター』紙東京支局員、アジア新聞財団『デプス・ニュース』東京支局長、日本テレビ『きょうの出来事』ニュースキャスターを経て、現在フリージャーナリスト兼、国家基本問題研究所（国基研・JINF）理事長。1995年、『エイズ犯罪・血友病患者の悲劇』で第26回大宅壮一ノンフィクション賞受賞、1998年、第46回菊池寛賞受賞。近著に『日本よ、「歴史力」を磨け』（文藝春秋）、『日本よ、勁き国となれ　論戦2007』（ダイヤモンド社）などがある。

宝島社新書

日本人の美徳
誇りある日本人になろう
（にほんじんのびとく　ほこりあるにほんじんになろう）

2008年2月23日　第1刷発行
2008年3月31日　第3刷発行

著　者　櫻井よしこ
発行人　蓮見清一
発行所　株式会社　宝島社
〒102-8388 東京都千代田区一番町25番地
電話：営業　03(3234)4621
　　　編集　03(3239)0253
振替：00170-1-170829　㈱宝島社
印刷・製本：中央精版印刷株式会社

ISBN 978-4-7966-6120-1